미크로메가스
캉디드 혹은 낙관주의

이 도서의 국립중앙도서관 출판예정도서목록(CIP)은 서지정보유통지원시스템 홈페이지(http://seoji.nl.go.kr)와
국가자료공동목록시스템(http://www.nl.go.kr/kolisnet)에서 이용하실 수 있습니다.
(CIP제어번호: CIP2010002676)

세계문학전집
050

Voltaire : Micromégas · Candide ou l'optimisme

미크로메가스
캉디드 혹은 낙관주의

볼테르 소설

이병애 옮김

문학동네

미크로메가스

철학이야기

1장
시리우스 은하계에 사는 외계인의 토성 여행

시리우스 별 주위를 도는 행성 중 하나에 재치 많은 한 젊은이가 살고 있었다. 나는 그가 마지막으로 우리의 눈곱만한 개미집* 위를 여행할 때 영광스럽게도 그를 알게 되었다. 모든 거인들에게 썩 잘 어울리는 그의 이름은 미크로메가스**였다. 그는 키가 8리외나 되는데, 8리외라면 기하학상으로 생각해볼 때 5피에를 한 보폭으로 쳐서 24,000 걸음에 해당한다.***

대중에게 유익한 사람들인 대수학자들 중 몇몇은 내 말을 듣는 즉

---

* 지구를 가리킨다.
** 미크로메가스는 그리스어로 '작다'를 뜻하는 미크로와 '크다'를 뜻하는 메가스를 합친 말이다.
*** 프랑스의 옛 길이 단위로 1피에는 약 30센티미터, 1리외는 약 4.5킬로미터. 즉 8리외는 약 36킬로미터이다.

시 펜을 들고 다음과 같은 사실을 알아낼 것이다. 시리우스 은하계에 살고 있는 미크로메가스는 머리에서 발까지 길이가 24,000 걸음에 해당하니 크게 잡아 12만 피에나 되는데, 그에 비해 지구 시민인 우리는 키가 5피에에 불과하다는 것과, 우리 지구 둘레는 9,000리외인데 미크로메가스가 태어난 행성은 그 둘레가 우리의 조그만 지구보다 정확하게 2,160만 배나 더 크다는 사실을 말이다. 자연 안에서 이보다 더 간단하고 더 평범한 사실은 없다. 반 시간이면 한 바퀴 돌아볼 수 있는 독일이나 이탈리아의 몇몇 군주국들을 터키 제국이나 모스크바 대공국 또는 중국 제국과 비교할 때 드러나는 차이는 자연이 모든 존재들 사이에 부여한 여러 경이로운 차이에 비하면 아주 미미할 뿐이다.

이 놀라운 존재의 키는 내가 말한 대로 그렇게 크지만 우리의 조각가와 화가들은 모두 그의 허리둘레가 5만 피에에 달하여 꽤 보기 좋은 균형을 이루고 있음을 쉽사리 인정할 것이다.

그의 재치는 우리 사회의 가장 교양 있는 사람들 가운데 그 어느 한 사람의 재치에 필적한다. 그는 많은 것을 알고 있고, 그중 몇 가지는 그 자신이 스스로 생각해낸 것이다. 아직 채 이백오십 살이 되지 않았을 때 그는 관습에 따라 자기 행성에 있는 예수회 학교를 다녔다. 그때 그는 재치를 발휘하여 유클리드의 명제를 오십 개 이상이나 풀었다. 이는 블레즈 파스칼보다 열여덟 개나 더 많이 풀어낸 것이다. 그런데 파스칼은 그의 누이가 한 말에 따르면, 놀이 삼아 쉽사리 서른두 개를 알아맞힌 다음에는 변변찮은 기하학자, 무척이나 졸렬한 형이상학자가 되고 말았다. 유년 시절을 벗어나서 사백오십 살쯤 되었을 때 미크로메가스는 지름이 100피에도 안 되어 보통 현미경으로는 볼 수 없는 작은 벌레를 수없이 많이 해부했다. 그는 그걸 바탕으로 아주 흥미로운 책 한 권을 썼는데 그로 인해 몇 가지 골칫거리가 생겼다. 그 나라에서 아주 사소한 일에 트집 잡기 좋아하고 대단히 무식한 어떤 교리해석가가 그의 책에서 의심스럽고 무례하고 경솔하고 이단적인 교리들을 찾아낸 것이다. 그는 이단이라는 감을 잡고 열심히 그 흔적을 추적했다. 시리우스에 사는 벼룩의 실체가 달팽이의 실체와 그 성질이 같은지를 알아내는 것이 쟁점이었다. 미크로메가스는 재치 있게 자신을 방어했고 여인들을 자기편으로 삼았다. 소송은 이백 년간 계속되었다. 마침내 교리해석가는 그 책을 읽은 적도 없는 법률가들로 하여금 책에 유죄를 선고하게 했고, 책의 저자는 팔백 년간 궁정에 모습을 드러낼 수 없다는 판결을 받았다.

치졸하고 번거로운 일들만 가득한 궁정에서 추방당한다는 것이 크게 애통한 일은 아니었다. 그는 교리해석가를 비웃는 아주 유쾌한 노래를 하나 지었지만 교리해석가는 여기에 전혀 당황하지 않았다. 그리하여 그는 사람들이 흔히 말하듯 정신과 마음을 갈고닦아 온전히 형성시키기 위해 이 행성, 저 행성으로 여행을 시작한 것이다. 역마차와 사륜마차로만 여행해본 사람들은 틀림없이 저 높은 곳에 사는 사람들의 여행 장비에 놀랄 것이다. 왜냐하면 그들과 달리 눈곱만한 진흙 더미 위에 사는 우리는 우리의 관습을 넘어서는 일에서는 아무것도 상상하지 못하기 때문이다. 우리의 여행자는 놀랍게도 중력의 법칙, 모든 인력과 척력의 법칙을 알고 있었다. 그와 그의 하인들은 때로는 햇살의 도움으로, 때로는 편리한 혜성을 이용하여 마치 새가 이 가지에서 저 가지로 날아다니듯 이 별에서 저 별로 옮겨다녔다. 그는 시간을 그다지 들이지 않고 은하수를 돌아다녔다. 여기에 덧붙여 나는 솔직히 미크로메가스가 은하수에 뿌려진 별들 너머로 저 유명한 더햄 보좌신부*가 자신의 망원경으로 보았노라 자랑했던 아름다운 최고천**의 하늘은 결코 보지 못했다는 사실을 언급해야겠다. 더햄이 잘못 봤다는 말이 아니다. 그건 당치도 않다! 그러나 미크로메가스는 여러 곳을 돌아다닌 훌륭한 관찰자이다. 하지만 나는 둘 중 누구의 말도 반박하고 싶지 않다. 미크로메가스는 이 별 저 별을 일주한 다음 토성에 도착했다. 미크로메가스는 새로운 사물을 보는 데 어느 정도 익숙해졌음에도 불구하고 자그마한 천체와 그곳에 사는 사람들을 내려다보니 우월한 자의 미소가 떠오르는 걸 참을 수가 없었다. 잘난체하는 그런 미소는 현명하다는 사람들도 가끔 억제하기 힘든 법이다. 결국 토성은 지구보다 겨우 구백 배 더 클 뿐이고 토성의 시민들은 키가 천 투아즈*** 쯤밖에 안 되는 난쟁이들이었기 때문이다. 처음에 그는 하인들과 함께 이들을 좀 놀려댔다. 흡사 이탈리아 음악가가 프랑스에 와서 륄리****의 음악을 듣고 웃어댄 것처럼 말이다. 그러나 이 시리우스인은 훌륭한 정신의 소유자였기에 생각하는 존재의 키가 6천 피에에 불과하다고 해서 결코 조롱거리가 될 수는 없음을 바로 이해했다. 그는 처음에는 토성인

---

* 영국의 성직자이자 철학자.
** 고대인들이 생각한 천상계의 네 영역 중 가장 높은 하늘. 고대인들은 이 너머에 천국이 있다고 생각했다. 더햄의 저서 『점성술 신학』(1715)에 이러한 내용이 나온다.
*** 프랑스의 옛 길이 단위로 1투아즈는 약 2미터.
**** 이탈리아 출신의 프랑스 궁정음악가.

들을 놀라게 했지만 곧 그들과 친해졌다. 그는 토성 아카데미의 사무국장과 친밀한 우정을 나눴다. 새롭게 생각해낸 진리는 없다 해도 그는 재치 있고 다른 사람이 고안한 것을 대단히 훌륭하게 이해하고 그럭저럭 짧은 시를 짓고 복잡한 계산을 할 수 있는 인물이었다. 나는 독자들의 즐거움을 위해 어느 날 미크로메가스가 이 사무국장과 나눈 특이한 대화를 여기에 옮겨보려 한다.

2장
시리우스인과 토성인의 대화

거인이 자리에 눕자 사무국장이 그의 얼굴 가까이로 다가갔다.

"자연이 아주 다채롭다는 걸 인정해야겠습니다." 미크로메가스가 말했다.

"그렇습니다. 자연은 화단 같지요. 거기서는 꽃들이……" 토성인이 말했다.

"아, 당신의 화단 이야기는 그만두세요." 미크로메가스가 말을 받았다.

"자연은 금발 여인과 갈색머리 여인을 한데 모아놓은 것 같습니다. 그녀들의 갖가지 장식품은……" 다시 토성인이 말을 받았다.

"그런데 당신이 말하는 갈색머리 여인과 내가 무슨 관계가 있습니까?" 미크로메가스가 말했다.

"그러니까 자연은 그림을 모아둔 화랑 같습니다. 그 모습은……"

"아니오! 한 번 더 말하거니와 자연은 자연 같습니다. 왜 비유를 찾아야 합니까?" 여행자가 말했다.

"당신을 즐겁게 해드리려고요." 사무국장이 대답했다.

"나는 누가 날 즐겁게 해주는 건 조금도 원치 않습니다. 누군가가 나를 깨우쳐주기를 바랄 뿐입니다. 우선 당신네 별 사람들은 얼마나 많은 감각을 갖고 있는지 말해주세요." 여행자가 응대했다.

"우리에겐 일흔두 개의 감각이 있습니다." 아카데미 회원이 말했다. "그런데도 감각이 적다고 매일 한탄하지요. 우리의 상상은 필요 이상으로 멀리 뻗어갑니다. 우리는 칠십이감感과 토성 고리와 다섯 개의 위성만으로는 한계가 있다고 생각하고 있습니다. 그리하여 일흔두 개나되는 감각에서 비롯되는 수많은 정념과 우리가 가지고 있는 그 모든 호기심에도 불구하고, 우리는 늘 권태를 느끼지요."

"그럴 거라고 생각합니다." 미크로메가스가 말했다. "우리 별에 사는 사람들은 거의 천 개의 감각을 가지고 있는데도 여전히 알지 못할 어떤 막연한 욕망, 알지 못할 어떤 불안이 남아 있어서 끊임없이 우리가 하찮은 존재이며 우리보다 훨씬 더 완전한 어떤 존재가 있다고 생각하게 됩니다. 여행을 좀 하면서 나는 우리보다 훨씬 열등한 필멸의 존재들도, 우리보다 훨씬 우월한 존재들도 보았습니다. 하지만 진정 필요한 것 이상으로 더 많은 것을 욕망하지 않거나 만족할만한 양보다 더 많은 것을 필요로 하지 않는 존재는 한 번도 보지 못했습니다. 아마도 언젠가는 아무것도 부족하지 않은 나라에 가게 되겠지요. 하지만 아직까지는 아무도 내게 그런 나라에 대해 확실한 어떤 소식을 전해주지 못했습니다." 이렇게 말하고 토성인과 시리우스인은 이런저런 억측을 하느라 완전히 지쳐버렸다. 그러나 아주 기발하고 불확실한 추론을 잔뜩 늘어놓은 다음 다시 실제적인 이야기로 되돌아오지 않을 수 없었다.

"당신의 수명은 얼마나 됩니까?" 시리우스인이 말했다.

"아! 얼마 못 살지요." 키가 작은 토성인이 말을 받았다.

"우리 별에서도 마찬가지입니다." 시리우스인이 말했다. "우리는 늘 얼마 못 산다고 한탄합니다. 이것이 자연의 보편적인 법칙인가봅니다."

"저런! 우리는 태양을 오백 번 공전할 동안밖에 살지 못합니다(우리 식으로 계산하면 만오천 년쯤 된다). 태어나는 순간에 죽는 것이나 다름없다는 걸 아시겠지요. 우리 존재는 한 점이고 우리의 지속은 한 순간이며 우리 천체는 원소 하나에 지나지 않습니다. 우리가 뭘 좀 배우려고 하면 경험을 채 쌓기도 전에 죽음이 찾아옵니다. 나로서는 감히 어떤 계획도 세울 수 없습니다. 나는 나 자신이 드넓은 대양에 떨어진 물 한 방울 같다고 생각합니다. 특히 당신 앞에 서니 이 세상에서 내가 얼마나 우스운 모습을 하고 있는지 알게 되어 부끄럽군요."

미크로메가스가 이 말을 다시 받았다. "만일 당신이 철학자가 아니었다면 우리가 당신들보다 칠백 배나 더 오래 산다는 걸 알고 상심하지 않을까 염려했을 것입니다. 그러나 죽는다는 것은 언젠가 육체를 원소로 돌리고 자연을 다른 형태로 소생시켜야 할 때를 뜻한다는 사실을 당신도 너무 잘 아시잖습니까. 영원을 살고 난 다음이거나 단 하루를 살고 난 다음이거나 그런 변모의 순간이 찾아오기는 분명 마찬가지입니다. 나는 우리 별 사람들보다 천 배나 더 오래 사는 이들의 나라에도 가보았지만 그곳에서도 여전히 불평하는 소리를 들었습니다. 하지만 양식을 지녀 자신의 몫을 받아들일 줄 알고 자연의 조물주에게 감사할 줄 아는 사람들이 도처에 있습니다. 자연의 조물주는 찬탄할만한 통일성이 있는 풍부한 다양성을 이 우주에 펼쳐놓았습니다. 예를 들면, 모든 생각하는 존재들은 서로 다르지만 깊이 들여다보면 사고 능력과 욕망에서 서로 닮아 있습니다. 물질계는 어디에나 펼쳐져 있지만 천체마다 그 고유한 속성이 다양합니다. 당신의 물질계 속에는 이러한 다양한 속성이 몇 가지나 됩니까?"

"속성에 대해 말씀하시니까 하는 말인데요, 그게 없다면 우리는 이 천체가 지금의 모습대로 존속할 수 없을 거라고 생각합니다. 물질이 차지하는 공간이라든가 불침투성, 운동성, 중력, 분할성, 기타 등등 우리는 그 속성을 삼백 개쯤 열거할 수 있습니다." 토성인이 말했다.

"분명히" 하고 여행자가 응수하며 말을 이었다. "당신이 살고 있는 조그만 별을 조물주가 품었던 관점에서 보면 그 적은 수로도 충분합니다. 나는 어쨌든 그분의 지혜에 감탄합니다. 어디서나 차이가 보이지만 또 어디서나 조화를 보게 되는군요. 당신네 별은 작고 당신네 주민들 역시 마찬가지입니다. 당신은 얼마 안 되는 감각을 가지고 있고 당신네 물질계의 속성 또한 얼마 되지 않습니다. 이 모든 것이 신의 작품이지요. 당신들의 태양을 제대로 관찰하면 무슨 색깔인가요?"

"꽤 노르스름한 흰색입니다. 그 빛 가운데 하나를 분리해보면 일곱 가지 색깔로 이루어진 걸 알 수 있지요." 토성인이 말했다.

"우리 태양은 붉은색에 가깝고 서른아홉 가지 원색을 가졌습니다.

내가 가까이 갔던 태양들 중에 서로 닮은 것은 하나도 없었습니다. 당신네 별에 사는 사람들이 제각기 얼굴이 다른 것과 마찬가지지요" 하고 시리우스인이 말했다.

자연에 관해 여러 가지 질문을 한 다음 시리우스인은 토성에서 본질적으로 다른 실체를 몇 가지나 손꼽을 수 있는지 알게 되었다. 그는 이곳에 신이라든가 공간, 물질, 육체가 있고 지각하는 존재들, 육체가 있고 지각하고 생각하는 존재들, 완전한 육체를 갖지 않고 생각하는 존재들, 서로 스며드는 존재들, 서로 스며들지 않는 존재들, 그리고 나머지 다른 존재들 등 겨우 서른 개 남짓 존재한다는 것을 알게 되었다. 시리우스인의 천체에서는 삼백 개 정도를 헤아리는데, 여행을 하면서 삼천 개의 다른 실체를 발견했다고 말해주니 토성의 철학자는 대단히 놀랐다. 마침내 태양을 한 번 공전하는 동안 자신들이 조금 알고 있는 것과 자신들이 알지 못하는 많은 것들에 대해 서로 의견을 나누고 추론한 다음, 그들은 함께 가벼운 철학 여행을 떠나기로 했다.

3장
시리우스인과 토성인의 여행

우리의 두 철학자는 아주 깜찍한 수학 도구들을 갖추고 토성의 대기권으로 진입할 참이었다. 그때 소식을 들은 토성인의 애인이 눈물을 흘리며 달려와 잔소리를 늘어놓았다. 그녀는 자그맣고 귀여운 갈색머리 여인으로 키가 고작 660투아즈밖에 되지 않았지만 작은 키를 보완해줄 많은 매력을 지니고 있었다. "아, 잔인한 사람!" 그녀가 소리쳤다. "천오백 년 동안 뻗대다가 마침내 비로소 당신을 따르게 되었는데, 당신 품에서 겨우 이백 년을 보냈을 뿐인데 당신이 나를 떠나 다른 세상에서 온 거인과 함께 여행을 가다니요. 가세요, 당신은 한낱 호기심 많은 사람에 불과할 뿐 사랑은 한 번도 못했던 거라고요. 당신이 진정한 토성인이라면 마음이 변하지 않으련만. 어디로 가는 거지요? 뭘 원하는 건가요? 우리 다섯 개 위성도 당신보다는 덜 떠돌아다녀요. 우리 토성 고리도 당신보다는 덜 변덕스러워요. 이렇게 된 이상 나는 이제 아무도 사랑하지 않을 거예요." 철학자는 그녀를 껴안고 함께 눈물을 흘렸다. 그는 천생 철학자였던 것이다. 그러나 그 여인은 기절했다가 정신을 차린 다음에는 마음을 달랜답시고 그 별의 어느 젊은 멋쟁이 녀석과 함께 사라져버렸다.

그렇다 해도 호기심 많은 우리의 두 여행자는 길을 떠났다. 그들은 먼저 토성의 고리 위로 껑충 뛰어올랐다. 우리 작은 별에 사는 한 저명한 인물*이 제대로 예측한 대로 고리는 제법 평평했다. 거기서부터 그들은 이 위성에서 저 위성으로 쉽사리 건너갔다. 혜성 하나가 마지막 위성 곁을 바짝 지나가자 그들은 장비를 챙겨 하인들과 함께 혜성 위로 뛰어올랐다. 1억 5천 리외 정도 갔을 때 목성 주위를 도는 위성들과 마주쳤다. 그들은 목성으로 들어가 거기서 1년 동안 머물렀다. 그동안 그들은 상당히 근사한 비밀들을 알게 되었는데, 몇 구절이 좀 거칠다고 생각하는 종교재판관 나리들만 없었다면 그 이야기는 아마 지금쯤 인쇄에 들어갔을지 모를 일이다. 그러나 나는 저명한 모 대주교의 서재에서 그 원고를 읽었다. 아무리 칭송해도 모자랄 관대함과 선의를 베풀어 그 대주교님은 내게 자신의 책을 읽도록 해주셨던 것이다.

자, 우리의 여행자들 이야기로 다시 돌아가자. 그들은 목성을 떠나 약 1억 리외에 이르는 우주 공간을 가로질러 화성을 따라갔는데, 화성은 알다시피 우리 작은 별의 오 분의 일밖에 되지 않는다. 그들은 화성에 딸린 두 개의 위성을 발견했고 그 위성들은 우리 천문학자의 눈에

---

* 토성의 고리를 발견한 네덜란드 천문학자 크리스티안 하위헌스를 가리킨다.

는 보이지 않았던 것이다. 카스텔 신부*가 이 두 위성의 존재를 부정하는 글을 꽤 재미있게 쓰리라는 것을 잘 알지만, 나는 유추에 의해 추론하는 사람들의 말을 믿는다. 저 훌륭한 철학자들은 태양에서 그토록 멀리 떨어져 있는 화성이 적어도 두 개의 위성을 갖지 않기가 얼마나 어려운지를 잘 알고 있었던 것이다. 어쨌거나 두 사람은 화성이 하도 작아서 누울 자리도 못 찾는 게 아닐까 걱정했다. 그래서 그들은 흡사 어느 형편없는 마을 주막을 무시하고 이웃 마을까지 내쳐 가듯 가던 길을 계속 갔다. 그런데 시리우스인과 그의 동행인은 곧 그 결정을 후회했다. 한참을 갔지만 아무것도 발견하지 못했던 것이다. 그러다 마침내 희미하고 여린 한 줄기 빛을 보았다. 바로 지구였다. 그 모습은 목성에서 온 사람들에게 연민을 불러일으켰다. 그렇지만 또다시 후회하게 될까봐 그들은 그 별에 들르기로 결심했다. 혜성의 꼬리 위로 가서 막 떠오르는 북극광을 발견하고는 그 안으로 들어섰다. 그들은 발트 해의 북쪽 해안을 통해 지구에 도착했다. 때는 신력** 1737년 7월 5일이었다.

---

* 예수회파의 학자.
** 교황 그레고리우스 13세가 만든 지금의 태양력.

4장
지구에서 그들에게 일어난 일

잠시 쉬고 나서 그들은 하인들이 알맞게 조리해준 산山 두 개를 점심으로 먹었다. 그러고 나자 자신들이 와 있는 조그만 나라가 궁금해졌다. 우선 그들은 북쪽에서 남쪽으로 갔다. 시리우스인과 그 하인들이 보통으로 걷는 보폭이 3만 피에쯤 되어서 토성인 난쟁이는 멀리서 헐떡이며 그들 뒤를 쫓아갔다. 시리우스인이 성큼 한 걸음을 떼면 토성인은 대략 열두 걸음을 재게 놀려야 했다. 아주 작은 애완견이 프로이센 왕의 근위대장을 쫓아가는 모습을 상상해보시라(이런 비유를 해도 된다면 말이다).

이 이방인들은 꽤 빨리 걸었기 때문에 서른여섯 시간 만에 지구를 한 바퀴 돌았다. 태양은, 아니 더 정확히 말해 지구는 하루에 그런 일주를 한다. 그러나 우리는 두 발로 걸어서 도는 것보다 자신을 축으로 삼아 한 바퀴 도는 것이 훨씬 더 편하다는 사실을 고려해야 한다. 그러니까 그들은 자신들에게는 거의 감지되지 않는 늪, 즉 우리가 지중해라고 부르는 곳과 또다른 조그만 연못, 다시 말해 흙둔덕을 둘러싸고 있는 것으로 우리가 대양이라고 부르는 곳을 보고서 제자리로 돌아온 것이었다. 연못물은 난쟁이의 종아리에 닿았을 뿐이고 시리우스인은 겨우 발꿈치를 적셨을 따름이다. 그들은 이 별에 누가 사는지 아무도 살지 않는지 알아보기 위해 위아래로 왔다갔다하면서 할 수 있는 것은 뭐든 다 해보았다. 그들은 몸을 낮추고 누워보고 여기저기를 더듬어보았다. 그러나 그들의 눈과 손은 이곳에서 기어다니는 조그만 인간들과는 너무 터무니없이 비율이 맞지 않았다. 하여 그들은 우리 인간들과 또 우리와 함께 지구에 살고 있는 다른 생명체들이 영광스럽게도 존재할 수 있다고 생각하게 할 만한 최소한의 낌새도 감지하지 못했다.

더러 좀 성급한 판단을 내리곤 하는 토성 난쟁이는 먼저 땅 위에 아무도 없다는 결론을 내렸다. 첫째 이유는 그가 아무도 보지 못했다는 것이었다. 미크로메가스는 그것이 잘못된 추론임을 깨달을 수 있도록 그에게 공손하게 이렇게 말했다.

"내 눈에는 뚜렷하게 보이는 50등성의 어떤 별들이 당신의 작은 눈에는 보이지 않는데, 그렇다면 당신은 그 별들도 존재하지 않는다고 결론지으실 겁니까?"

"하지만 잘 더듬어보았습니다." 난쟁이가 말했다.

"하지만 당신은 제대로 느끼지 못했지요." 시리우스인이 말했다.

"그렇지만" 하고 난쟁이가 말했다. "이 별은 너무나 불완전하고 불규칙하며 내가 보기엔 너무 우스꽝스러운 형태입니다. 여기서는 모든 것이 혼돈 상태에 있는 것 같습니다. 보시다시피 이 작은 개울들 중 어느 것도 똑바로 흐르지 않고, 연못들은 둥글지도 네모나지도 않고 타원형도 아니며 일정한 형태라고는 찾아볼 수 없으니까요. 게다가 이 별에 흩어진 작고 삐죽삐죽한 알갱이들 때문에 내 발은 살갗이 다 벗겨졌습니다(산을 말하는 것이다). 그리고 별의 전체 형태를 볼 때 양극은 얼마나 평평한지, 이 별이 극지방의 기후를 황폐하게 만들며 얼마나 뒤틀린 상태로 태양 주위를 돌고 있는지 보셨습니까? 사실 내가 이곳에 아무도 없다고 생각하게 된 건 양식 있는 자라면 여기서 살고 싶지 않을 것 같았기 때문입니다."

"아니! 어쩌면 여기 사는 이들은 양식 있는 생명체가 아닐 수도 있습니다. 그러나 이 별의 외양을 몇 가지 살펴보면 아무것도 못 살 것 같지는 않습니다. 생각해보십시오, 토성과 목성에서는 모든 것이 질서 정연하니까 당신에게는 여기 있는 모든 게 다 엉망으로 보이는 것입니다. 그렇지요! 이곳이 다소 혼란스러운 건 어쩌면 바로 그런 이유 때문일 것입니다. 제가 여행하면서 언제나 다양성을 눈여겨보았다고 당신에게 말씀드리지 않았습니까?" 미크로메가스가 말했다.

토성인은 이런 이유들에 하나하나 토를 달았다. 미크로메가스가 열을 내며 말하느라 다행스럽게도 자기 다이아몬드 목걸이 줄을 끊어뜨렸기에 망정이지 그러지 않았다면 언쟁은 결코 끝나지 않았을 것이다. 작고 예쁜 다이아몬드가 알알이 떨어졌는데 그 무게가 천차만별이라 제일 굵은 건 180킬로그램이고 제일 작은 건 23킬로그램이었다. 난쟁이가 몇 개를 주워담아서 눈 가까이 대고 들여다보다가 그것이 가공 방식에 따라 훌륭한 현미경이 된다는 것을 알아차렸다. 그래서 그는 직경이 160피에인 작은 현미경 하나를 집어서 눈에 갖다 댔다. 그리고 미크로메가스는 직경이 2,500피에인 것을 골랐다. 훌륭한 현미경이었다. 그러나 처음에는 아무것도 보이지 않았고 이리저리 상태를 조정해야 했다. 마침내 토성인의 눈에 흐릿한 무언가가 발트 해의 밀물과 썰물 사이에서 움직이는 모습이 보였다. 고래였다. 그는 아주 능숙하게 새끼손가락으로 그것을 집어 엄지손가락 손톱 위에 올려놓고서 시리우스인에게 보여주었는데, 그는 우리 별에 사는 생명체가 도가 지나칠 정도로 작은 것을 보고 또다시 웃기 시작했다. 토성인은 우리 별에 생명체가 있다는 사실은 납득했지만 성급하게 고래만 살 것이라고 생각했다. 그런데 그는 훌륭한 추론가였으므로 이 작은 원소가 어디에서 기원했는지, 그것이 생각, 의지, 자유를 가지고 있는지를 알아내려고 했다. 토성인의 그런 태도에 미크로메가스는 몹시 당황했다. 그는 대단히 참을성 있게 그 동물을 살펴보았는데 검사 결과는 이것에 영혼이 존재한다고는 믿을 수 없다는 것이었다. 따라서 두 여행자는 우리가 사는 지구에는 정신도 없으리라는 쪽으로 생각이 기울고 있었다. 바로 그때 현미경을 들여다보던 그들은 고래보다 더 큰 무언가가 발트 해에서 떠다니는 것을 발견했다. 우리가 알고 있듯이 한 무리의 철학자들이 북극권에서 그때까지 아무도 알아내지 못한 사실들을 관측하고 돌아왔던 것*이 바로 그 무렵이다. 여러 신문은 철학자들의 배가 보트니아만에서 좌초했는데 그들이 거기서 가까스로 목숨을 건졌노라고

---

* 1736년 프랑스의 수학자 모페르튀이가 라플란드 탐사단을 조직하여 위도 1도의 길이를 측정해 지구가 타원체임을 입증한 일을 말한다. 당시 볼테르는 모페르튀이와 수학 문제로 논쟁을 벌였는데 이 일로 '지구를 평평하게 한 사람'이라며 그를 조롱하기도 했다.

전했다. 하지만 우리는 이 세상에서 결코 카드의 이면을 알지 못한다. 나는 이제 내 의견을 조금도 덧붙이지 않고 일이 일어난 대로 진솔하게 이야기하려는 바, 역사가에게는 이것이 여간한 노력으로는 되는 일이 아니다.

5장
두 여행자의 갖가지 경험과 추론

미크로메가스는 그 물체가 나타난 곳으로 아주 조심스럽게 손을 뻗었다. 그리고 손가락 두 개를 쫙 폈다가 실수를 할까 무서워 도로 빼더니, 다시 이번에는 손가락 두 개를 폈다 오므리면서 능숙하게 철학자들이 탄 배를 집어들었다. 그러고는 행여나 부서질까 살짝 잡아서 역시 손톱 위에 올려놓았다. "처음 것과는 아주 다른 동물이군요." 토성인 난쟁이가 말했다. 시리우스인은 손바닥 가운데 오목한 자리에 그 동물이라는 것을 올려놓았다. 승객과 승무원들은 자신들이 폭풍우에 휩쓸렸다가 어느 바위 위로 올라온 것이라고 생각하며 모두 움직이기 시작했다. 선원들은 포도주 통을 집어들어 미크로메가스의 손 위로 던지더니 황급히 통을 따라 뛰어갔다. 기하학자들은 천문관측 도구들과 라플란드의 소녀들*을 챙겨서 시리우스인의 손가락을 따라 내려갔다.

그들이 그렇게 내려가니 마침내 시리우스인도 무언가가 움직여 손가락을 간질인다고 느꼈다. 사람들이 끝에 정을 댄 막대기를 그의 집게손가락에 1피에 깊이로 박고 있었던 것이다. 따끔따끔한 이 느낌을 그는 자신이 쥐고 있는 작은 동물에서 뭔가가 나온 것이라 판단하고 처음에는 별다른 의심을 하지 않았다. 현미경으로 고래와 배는 간신히 구별할 수 있었지만 인간처럼 감지할 수 없는 존재에 대해서는 아무것도 포착하지 못했다. 나는 지금 허세꾼들에게 충격을 주려는 것이 아니다. 하지만 높으신 분들 앞에 나와 함께 작은 사실 하나만 주목해보자고 간청해야겠다. 5피에 정도 되는 인간의 키를 고려할 때 지구 위에 인간이 서 있는 모습이란, 키가 엄지손가락의 육십만 분의 일밖에 되지 않는 어떤 동물이 둘레가 10피에 되는 공에 붙어 있는 형상보다 더 나을 게 없다는 말이다. 어떤 실체가 자기 손 안에 지구를 쥘 수 있으면서 우리의 오장육부에 비례하는 오장육부를 가졌다고 생각해보시라. 이런 실체들이 꽤 많이 존재할 수 있다는 것도 충분히 상상 가능한 일이다. 그런데도 두 마을을 희생시키며 벌였던 저 전투들을 그들이 어떻게 생각했을지 부디 한번 생각해보시기 바란다.

덩치 큰 대장**이 언젠가 이 책을 읽는다면 분명 자기 부대원들 모자를 적어도 6센티미터쯤 높일 것이다. 그러나 그래봤자 소용없고 그와 부대원들은 무한히 왜소할 뿐이라는 사실을 그에게 알려주는 바이다.

---

* 모페르튀이 탐사단이 학술 조사와 상관없이 라플란드에서 데려왔던 소녀 두 명을 가리킨다. 이 일로 인해 그는 "밤새도록 기타 연주를 해줄 예쁜 소녀들만 생각한 것 같다"는 등의 비난을 받았다.
** 큰 키와 높은 모자로 유명했던 프로이센의 왕 프리드리히 2세를 가리킨다.

그러니 시리우스에서 온 우리의 철학자가 방금 말한 그 원소들을 식별하기 위해서는 얼마나 놀라운 솜씨가 필요했겠는가! 미크로메가스가 우리를 발견한 것은 레이우엔훅과 하르트수커르*가 처음으로 우리를 형성하는 그 결정結晶을 발견했을 때, 아니 발견했다고 믿었을 때보다도 훨씬 더 놀라운 발견이었다. 이 조그만 기계들이 움직이는 모습을 보면서, 그것들이 돌아가는 모습을 낱낱이 살펴보면서, 그것들이 작업을 수행하는 모습을 하나하나 죽 지켜보면서 미크로메가스가 느낀 기쁨이 어떠했겠는가! 그가 얼마나 큰 탄성을 질렀겠는가! 여행 동료의 손에 현미경을 건네주면서 얼마나 기뻐했겠는가! "내게는 보이는데, 짐을 들고 고개를 숙이고 다시 몸을 일으키는 모습이 당신 눈에도 보입니까?" 두 사람은 동시에 소리를 질렀다. 이렇게 말할 때 그들의 손은 떨리고 있었다. 너무나 새로운 대상을 보고 있다는 기쁨과 그 대상들을 잃을지도 모른다는 두려움 때문이었다. 극도의 불신에서 완전한 확신으로 마음이 돌아선 토성인은 그들이 짝짓기를 하는 중이라고 생각해서 '아! 내가 자연의 모습을 현장에서 포착했구나'라고 중얼거렸다. 하지만 그는 겉모습만 보고 잘못 생각한 것이었다. 현미경을 사용하건 안 하건 그런 일은 너무 자주 일어난다.

---

* 17세기에 활동한 네덜란드의 현미경학자들로, 생물체의 형태와 구조가 정자 안에 이미 축소형으로 완성되어 있다는 전성설(前成說)을 주장했다.

6장
그들과 인간들 사이에 일어난 일

미크로메가스는 난쟁이 동료보다 훨씬 훌륭한 관찰자였으므로 원소들이 서로 말을 하고 있다는 것을 분명하게 알아보았다. 그래서 동행인에게 그것을 눈여겨보게 했는데, 토성인은 그들이 교미중이리라 오해한 것을 부끄러워하며 이런 미물들이 생각을 주고받을 수 있다는 것을 절대로 믿으려 하지 않았다. 그 역시 시리우스인과 마찬가지로 언어에 재능이 있었지만, 그 원소들의 말이 들리지 않았으므로 지레 그들이 말을 못하는 것이라고 짐작해버렸다. 더구나 감지도 안 되는 이런 존재들이 어떻게 소리를 내는 기관을 가질 것이며 또 그들에게 무슨 할말이 있겠는가 하고 생각한 것이다. 말하기 위해서는 생각을 해야, 아니 그런 시늉이라도 해야 하는데 말이다. 하지만 만일 그들이 생각을 한다면, 그렇다면 그들에게 영혼에 해당하는 무언가가 있을 터였다. 그런데 이런 미물에게 영혼이라 할만한 무언가를 부여한다는 것은 그가 보기에는 있을 수 없는 일이었다.

"하지만" 하고 시리우스인이 말문을 열었다. "방금 전 당신은 그들이 사랑을 나누고 있다고 생각하지 않았습니까? 생각하지 않고, 큰 소리로 어떤 말을 하지 않고, 아니 적어도 상대를 이해하지 않고 사랑할 수 있다고 생각하십니까? 더군다나 아이를 하나 만드는 것이 논거 하나를 만드는 것보다 쉬우리라고 생각하십니까? 나는 두 가지가 다 커다란 신비라고 생각합니다."

"더는 감히 믿을 수도, 믿지 않을 수도 없군요. 이젠 잘 모르겠습니다. 벌레들을 잘 살펴봐야겠어요, 그런 다음에 따져봅시다." 난쟁이가 말했다.

"지당한 말씀이지요." 미크로메가스가 대꾸했다. 그리고 즉시 손톱자르는 가위를 꺼내 엄지손톱을 잘라서 그것으로 즉석에서 확성기 역할을 해줄 거대한 깔때기 모양의 관을 만들어 자신의 귓속에 집어넣었다. 깔때기 가장자리가 배와 배에 탄 사람들을 뒤덮었다. 제일 가느다란 목소리까지도 손톱의 원형섬유를 타고 빨려 들어왔다. 그렇게 그의 솜씨 덕분에 저 높은 곳의 철학자는 저 아래 좀벌레들의 붕붕대는 소리를 완벽하게 들을 수 있었다. 얼마 지나지 않아서는 좀벌레들의 말을 구별할 수 있게 되었고 마침내 프랑스어를 알아들을 수 있었다. 조금 더 어려움을 겪기는 했지만 난쟁이도 그렇게 했다. 여행자들은 매 순간 점점 더 크게 놀랐다. 그들은 좀벌레들이 제법 양식 있게 말하는 것을 들었고, 이러한 자연의 활동이 그들에게는 무어라 설명할 수 없는 것으로 여겨졌다. 물론 시리우스인과 난쟁이 동료가 그 원소들과 대화를 나눠보려고 열을 내며 조바심쳤다는 것은 말할 필요도 없을 것이다. 난쟁이는 좀벌레들이 알아듣기도 전에 천둥 같은 자기 목소리가, 특히 미크로메가스의 목소리가 그들의 귀를 먹게 할까봐 걱정했다. 목소리를 줄여야 했다. 그들은 끝으로 갈수록 가느다래지는 이쑤시개 같은 것을 각자 입에 물고 배에 비스듬히 가져다 댔다. 시리우스인은 난쟁이를 자기 무릎에 앉혔고, 손톱 위에는 사람들이 탄 배를 올려놓았다. 그는 머리를 숙인 채 가만가만 말했다. 마침내 갖가지 조치를 할 만큼 다 하고 그가 이렇게 연설을 시작했다.

"보이지 않는 벌레들아, 조물주의 손길이 무한히 작은 연못 속에서 기꺼이 너희를 태어나게 하셨으니 내가 범접 못할 비밀을 발견하도록 해주신 것에 대해 그분께 감사드리는 바이다. 나의 궁정에서는 너희를 거들떠보지 않을지 모르지만 나는 누구도 경멸하지 않고 너희들을 보호하겠다."

이제껏 무엇에 놀랐다는 사람이 있다면 그건 바로 이 말을 들은 그들이었다. 그들은 어디서 소리가 들려오는지 알 수 없었다. 배의 사제는 구마경驅魔經을 외웠고 선원들은 욕을 했으며 배에 타고 있던 철학자들은 이 현상을 설명할 체계를 세웠다. 그러나 어떤 체계를 들어봐도 누가 그들에게 말하는 것인지는 절대로 알아낼 수 없었다. 그때 미크로메가스보다 좀더 부드러운 음성을 가진 토성인 난쟁이가 그들에게 말을 거는 자가 어떤 존재인지 몇 마디 일러주었다. 그는 그들에게 토성에서 시작된 여행 이야기를 해주었고 미크로메가스에 대해 알려주었다. 그리고 어쩌면 이토록 미미한 존재일 수 있냐며 그들을 불쌍히 여기고 나서 언제나 이렇게 무無와 다를 바 없는 비참한 상태에 있었느냐고 그들에게 물었다. 그리고 고래들의 소유로 보이는 이 별에서 그들이 무엇을 하고 있는지, 행복한지, 번식은 하는지, 영혼이 있는지 물었고 그리고 이러한 본성에 대한 질문을 백 가지쯤 더 던졌다.

무리 가운데 다른 이들보다 좀더 대담한 추론가 한 명이 자신에게 영혼이 있는지 누군가가 의심하는 것에 충격을 받고는 사분의四分儀*의 조준의를 겨냥하여 상대를 관찰했다. 두 번 위치를 바꿔 관찰하더니 세번째 자리에서 이렇게 말했다. "당신 키가 머리부터 발끝까지 천 투아즈라고 해서 그렇게 생각하시는 겁니까? 당신은……"

"천 투아즈라고!" 토성인 난쟁이가 놀라며 말했다. "하느님 맙소사! 대체 무엇으로 내 키를 쟀다는 말인가? 천 투아즈라! 한치도 틀리지 않았구나. 말도 안 돼, 이 원소가 내 키를 측정하다니! 이자는 측량사로구나. 내 크기를 알고 있어. 나는 현미경을 통해서만 그를 볼 뿐 아직 그의 키는 알지 못하는데!"

"네, 제가 당신 키를 쟀습니다. 당신의 거인 친구 키도 잴 수 있을 것 같습니다." 물리학자가 말했고 제안은 받아들여졌다. 거인이 길게 누웠다. 서 있으면 머리가 구름 위로 너무 많이 올라가버리기 때문이다. 우리의 철학자들은 그의 몸 가운데, 스위프트 박사라면 거뜬히 이름을 댔을 법한 자리에 커다란 나무를 심었다.** 하지만 나는 어디라고 말하기가 조심스러운데 귀부인들에 대한 내 지극한 존경심 때문이다. 그런 다음, 전체가 서로 연결된 여러 개의 삼각자를 이용하여 그들이 보

---

* 별을 보며 천정거리를 재는 천체 관측기구.
** 조너선 스위프트가 『걸리버 여행기』에서 항문에 풀무질을 하는 실험 이야기를 거침없이 했던 것을 암시하는 듯하다.

고 있는 것이 실은 키가 12만 피에에 이르는 젊은 남자라는 결론을 얻었다.

그러자 미크로메가스가 이런 말을 했다. "절대로 겉으로 보이는 크기를 근거로 판단해서는 안 된다는 것을 그 어느 때보다 분명히 깨달았노라. 오, 신이시여, 이토록 하찮은 존재에게 지성을 주셨으니 당신에게는 무한히 작은 것이 무한히 큰 것과 마찬가지입니까? 이들보다 더 작은 존재가 있을 수 있다면, 제가 우주에서 보았던 그 어마어마한 동물들은 제가 내려온 천체 정도는 발 하나로 뒤덮어버릴 수 있을 만큼 큰데도 그 작은 존재들이 그들보다 더 우수한 정신을 지닐 수도 있는 것입니까?"

철학자들 중 한 명이 인간보다 훨씬 왜소하지만 지능을 갖춘 존재들이 있음을 확신할 수 있다고 그에게 대답했다. 그 철학자는 베르길리우스가 꿀벌에 대해 쓴 우화 같은 이야기* 대신에 스바메르담**이 발견한 것들과 레오뮈르***가 분석한 것들을 그에게 들려주었다. 마지막으로, 인간에 비할 때 꿀벌이 미물에 불과하듯이 꿀벌에 비할 때 미물에 지나지 않은 존재가 있다는 것, 시리우스인 자신도 그가 말했던 그 거대한 동물들에 비해서는 미물에 지나지 않으며 그 거대한 동물들도 그에 비하면 미물에 불과한 또다른 존재가 있다는 것을 그에게 일깨워주었다. 조금씩조금씩 대화는 흥미를 더해갔고 미크로메가스는 이렇게 말했다.

---

* 베르길리우스의 『농경시』 제4권.
** 네덜란드의 곤충학자.
*** 프랑스의 곤충학자이자 물리학자.

7장
인간들과 나눈 대화

"오! 지성을 지닌 원소여, 영원한 존재가 당신 안에서 자신의 솜씨와 권능을 기꺼이 드러내 보이는구려. 그대들은 이 지구에서 온전히 순수한 기쁨을 누리도록 만들어졌음이 분명하군요. 이렇게 물질은 얼마 안 되고 온통 정신으로만 이루어진 듯하니 그대들은 틀림없이 사랑하고 생각하며 살도록 만들어진 것입니다. 그것이 진정한 정신의 삶입니다. 나는 어디서도 진정한 행복을 보지 못했는데 틀림없이 이곳에는 있을 것입니다." 이 말에 철학자들이 모두 고개를 저었다. 그들 가운데 다른 사람들보다 좀더 솔직한 한 사람이 공언하기를, 제대로 존중받지 못하는 소수*를 제외하면 나머지는 다 미치광이, 악한, 불행한 사람들이라

---

* 철학자들을 가리킨다.

고 했다.

"우리는 필요 이상으로 많은 물질을 가지고 있습니다" 하고 그가 운을 뗐다. "만일 악이 물질에서 비롯된다면 많은 악을 저지를 수 있도록 말입니다. 그리고 악이 정신에서 비롯된다면 너무 많은 정신을 가진 것이지요. 예를 들어 제가 당신에게 말을 하는 지금도 우리 종족 중에 모자를 쓴 십만 명의 미치광이들은 터번을 두른 다른 십만 명의 미치광이들을 죽이거나 아니면 그들에게 학살당하고 있습니다. 게다가 거의 온 지구상에서 태곳적부터 그런 일이 있어왔다는 것을 아십니까?"

시리우스인은 몸을 떨었다. 대체 어떤 동기로 이렇게 허약한 동물들 사이에서 그렇게 무시무시한 싸움이 벌어질 수 있는지 물었다. 철학자는 이렇게 대답했다. "당신 발꿈치만 한 커다란 진흙 더미 몇 개가 문제입니다. 하지만 서로 목을 치는 수백만 명 가운데 어느 한 사람도 이 진흙 더미에서 지푸라기 하나라도 차지하려고 그러는 게 아닙니다. 그가 술탄이라는 사람 편인지 아니면 이유는 몰라도 황제라는 다른 사람 편인지 그것이 문제일 따름입니다. 어느 쪽도 문제가 된 작은 땅 구석을 한 번도 본 적이 없고 결코 보지도 못할 것입니다. 서로 목을 베어 죽이는 이 짐승들 가운데 누구도 자신들이 어느 짐승을 위해 목을 바치는지 그 짐승을 한 번도 본 적이 없습니다."

"아, 불행한 사람들 같으니!" 시리우스인이 분개하며 소리를 질렀다. "이 과도한 광란의 분노를 어떻게 이해한단 말인가! 세 발짝만 옮겨서 이 어리석은 도살자들의 개미집을 발꿈치로 세 번 밟아 으깨버리고 싶구나."

"그러실 필요 없습니다." 누군가가 그에게 대꾸했다. "그들 스스로 자신들의 파멸을 위해 충분히 일하고 있습니다. 10년만 지나면 이 불쌍한 사람들 중 백 분의 일도 남지 않으리라는 걸 아셔야 합니다. 비록 그들이 검을 빼들지 않는다 해도 굶주림과 피로, 무절제가 거의 모두를 휩쓸어갈 것입니다. 더군다나 벌을 받아야 할 사람은 그들이 아닙니다. 집무실 안에서 먹은 것을 소화시키는 동안 백만 명을 학살하라는 명령을 내리고, 그런 다음 장엄하게 그 학살에 대해 하느님께 감사드리라고 하는 것은 그 안에 처박혀 있는 야만인들입니다."

여행자는 미소한 인간 종족에 대한 연민으로 가슴이 뭉클해졌다. 그는 인간에게서 너무도 놀라운 대조를 이루는 여러 모습을 발견한 것 같았다. "당신들은 몇 안 되는 현자들이니 부디 말해주시오." 그가 철학자들에게 말했다. "겉으로 보기에 당신들은 금전 때문에 사람을 죽이지는 않을 것 같습니다. 당신들은 무엇에 관심이 있으신지요?"

"우리는 파리를 해부합니다. 선線을 측정하고, 수를 조합하고, 우리가 이해하는 두세 가지 사안에서는 의견의 일치를 보고 우리가 이해하지 못하는 이삼천 가지 사안에 대해서는 토론을 합니다." 철학자가 말했다. 그러자 문득 시리우스인과 토성인은 그들이 어떤 사안에서 의견이 일치되었을지 알기 위해 이 '생각하는 원소'들에게 물어봐야겠다는 엉뚱한 생각이 들었다.

"큰개자리의 시리우스 별에서 쌍둥이자리의 큰별에 이르는 각도는 얼마입니까?" 그들 모두 동시에 이렇게 대답했다. "32.5도입니다."

"여기서 달까지는 거리가 얼마나 됩니까?"

"어림수로 지구 반지름의 육십 배입니다."

"공기의 무게는 얼마나 나가지요?" 미크로메가스는 그들이 이번에는 대답을 못하리라 생각했건만 모두가 일제히 공기는 같은 부피의 증류수보다 구백 배쯤 가볍고, 더컷 금화보다는 만구천 배 더 가볍다고 대답하는 것이었다. 그들의 대답에 놀란 토성인 난쟁이는 십오 분 전만 해도 영혼이 있을 리 없다고 여겼던 이 사람들이 이제는 마법사로 생각되었다.

마침내 미크로메가스가 그들에게 말했다. "그대들의 외부 세계에 대해 그토록 잘 아니 내부에 있는 것은 말할 것도 없겠군요. 그대들의 영혼은 무엇이며 어떻게 생각을 형성하는지 얘기해주십시오." 철학자들은 조금 전처럼 일제히 말했다. 하지만 그들은 모두 다른 생각을 하고 있었다. 가장 나이가 많은 사람은 아리스토텔레스를 인용했고 다른 이는 데카르트의 이름을 들먹였으며 말브랑슈, 라이프니츠, 로크의 이름이 나왔다. 아리스토텔레스 학파에 속한 한 늙은이가 확신을 가지고 큰 소리로 말했다.

"영혼은 엔텔레케이아입니다. 일종의 이성으로서 그 이성에 의해 영혼으로서 존재하는 힘을 갖습니다. 아리스토텔레스가 루브르 판 633페이지에서 분명히 천명했습니다. 엔텔레케이아란(Ἐντελέχεια ’έστι)*……"

"나는 그리스어는 그렇게 잘하지 못합니다." 거인이 말했다.

"나도 잘 못합니다." 좀벌레 철학자가 말했다.

"그렇다면 어째서 그리스어로 된 아리스토텔레스 작품 구절을 인용했습니까?" 시리우스인이 다시 물었다.

---

* 아리스토텔레스의 「영혼론」의 한 구절.

"사람들은 자기가 전혀 이해하지 못하는 것을 말할 때는 사람들이 거의 이해 못하는 언어를 인용하기 때문이지요"라고 학자가 응수했다.

데카르트 철학의 신봉자가 발언권을 얻어 말했다. "영혼은 어머니의 배 속에서 형이상학적인 모든 사상을 부여받은 순수 정신인데, 일단 어머니의 배 속을 나오면 그토록 잘 알았던 것을 학교에 가서 모두다시 배워야 하고 이제는 더이상 알지 못한다는 사실까지 배워야 합니다."

"당신의 영혼은 어머니의 배 속에서는 그토록 아는 게 많았는데 턱수염이 날 때는 그토록 무지해진다니 애초에 그렇게 유식할 필요가 없었던 것이군요. 그런데 당신은 정신으로 무엇을 이해합니까?" 키가 8리외가 넘는 거인이 물었다.

"무슨 말이 듣고 싶으신 겁니까? 거기에 대해서는 전혀 생각해보지 않았습니다. 정신은 물질로 이루어지지 않았다고 하더군요." 그 추론가가 말했다.

"하지만 적어도 물질이 무엇인지는 아시겠지요?"

"물론입니다. 예를 들어 이 돌은 회색이고 이러한 형태를 가졌으며 입체이고 무게가 나가며 쪼갤 수 있습니다." 인간이 대답했다.

"그러면 당신이 보기에 쪼갤 수 있고 무게가 나가고 회색인 이 사물은 무엇인지 내게 분명히 말씀해주시겠습니까? 당신은 몇 가지 속성을 보았습니다만 이 사물의 본질은 알고 있습니까?" 시리우스인이 말했다.

"아니요." 인간이 말했다.

"그렇다면 당신은 물질이 무엇인지 전혀 모르는 것입니다."

미크로메가스는 엄지손가락 위에 있던 다른 현자에게 말을 건네며 영혼이 무엇인지, 영혼이 무엇을 하는지를 물어보았다. "전혀 아무 일도 안 합니다." 말브랑슈 철학을 신봉하는 현자가 대답했다. "나를 위해서 모든 것을 행하신 분은 바로 신입니다. 나는 그분 안에서 모든 것을 보고 그분 안에서 모든 것을 행합니다. 나는 전혀 개입하지 않으며 그분이 모든 것을 행합니다."

"차라리 존재하지 않는 편이 낫겠군요." 시리우스의 현자가 말을 받았다.

"그러면 그대, 친구여." 그는 그 자리에 있던 라이프니츠 철학 신봉자에게 말했다. "그대의 영혼은 무엇입니까?"

"내 육체가 종을 울리는 동안 시각을 가리키는 시곗바늘입니다. 혹은 이렇게도 생각할 수 있을 텐데, 내 육체가 시각을 가리키는 동안 종을 울리는 것입니다. 아니면 내 영혼은 우주의 거울이고 내 육체는 거울의 틀입니다. 분명합니다." 라이프니츠 철학 신봉자가 대답했다.

바로 옆에 대수롭지 않은 인물이지만 로크를 지지하는 사람이 있었다. 그는 마지막으로 그 사람에게 질문을 던졌다.

"나는 내가 어떻게 생각하는지 모르겠습니다. 하지만 내가 무언가를 느끼는 경우를 제외하면 전혀 생각하지 않는다는 사실은 압니다. 물질계에 속하지 않는 지성적인 실체가 있다는 것은 전혀 의심하지 않습니다. 그러나 물질에 생각을 부여하는 것이 신에게 불가능한 일일까요, 나는 그 점이 매우 의심스럽습니다. 영원한 힘을 숭배하지만 그 힘의 한계를 정하는 것은 내 소관이 아닙니다. 나는 아무것도 단언할 수 없고, 그저 우리가 생각하는 것보다 더 많은 일이 있을 수 있다고 믿을 뿐입니다."

시리우스에서 온 동물이 미소를 지었다. 그는 이 사람이 가장 학식이 떨어진다고 생각하지 않았다. 그리고 토성인 난쟁이는 크기가 그토록 심하게 차이만 안 났어도 로크의 지지자를 껴안았을지 모른다. 그런데 불행히도 그 자리에 있던 사각모를 쓴 미세동물*이 다른 철학자 미세동물들의 말을 가로막았다. 그는 자신은 비밀을 다 알고 있으며 그것은 모두 토마스 아퀴나스의 『신학대전』에 있다고 말했다. 그는 두 외계인을 위아래로 훑어보더니 그들의 인격, 세계, 태양, 별, 모든 것이 오직 인간을 위해 만들어졌다고 주장했다. 이런 대화를 하던 우리의 두 여행자는 억누를 수 없는 웃음에 사레가 들려 엉겁결에 서로 몸을 부딪혔다. 호메로스에 따르면 웃음이란 신들의 몫이다. 그들은 어깨와 배를 들썩거렸다. 이렇게 몸이 마구 흔들리자 시리우스인이 손톱 위에 올려놓았던 배가 토성인의 반바지 주머니 속으로 굴러떨어졌다. 두 호인은 오랫동안 그것을 찾았다. 그리고 마침내 배와 사람들을 다시 찾아내 아주 정성껏 원상태로 바로잡아주었다. 시리우스인은 미세한 좀벌레들을 다시 집어들었다. 내심 극히 미소한 것들이 거의 무한한 자존심을 갖고 있는 것에 약간 화가 나기도 했지만 여전히 더없이 친절하게 그들에게 말했다. 그는 그들이 볼 수 있도록 굉장히 작게 가느다란 글씨로 근사한 철학책 하나를 써주마고 약속했다. 그리고 이 책 속에서 그들은 사물의 궁극을 보게 될 것이라고 했다. 그는 떠나기 전에 정말로 책 한 권을 주었다. 사람들은 그 책을 파리의 과학 아카데미로

---

* 소르본 대학의 신학자를 가리킨다.

가져갔다. 그러나 아카데미 사무국장이 그 책을 펼쳤을 때 눈에 보인 것은 아무것도 없는 완전한 백지뿐이었다. "아! 내 이럴 줄 알았어." 그가 말했다.

캉디드 혹은 낙관주의

이 작품은 랄프 박사가 쓴 독일어 원본을 번역한 것으로
1759년 박사가 민덴에서 사망했을 당시
주머니에서 발견된 부록이 포함되어 있다.

1장
캉디드는 어떻게 그 아름다운 성에서 자랐는가
그리고 어떻게 쫓겨났는가

베스트팔렌 지방의 고귀하신 툰더 텐 트론크 남작의 성에 천성이 더 없이 온순한 한 소년이 살고 있었다. 소년의 얼굴은 그의 영혼을 그대로 드러내 보여주는 듯 해맑았다. 소년은 제법 판단력이 올곧았고 더없이 순박했다. 그리고 보니 그래서 그의 이름도 캉디드*인 것 같다. 성에서 오래 지낸 하인들은 캉디드가 남작의 누이와 이웃에 사는 마음씨 좋은 신사 사이에서 태어난 아들일 거라고 짐작했다. 그 신사는 자기가 어느 귀족 후손이라고 주장했지만 족보는 71대까지만 남아 있었고 나머지는 모두 세월의 풍파에 훼손되어버렸다. 그리고 그 때문에 남작의 누이가 청혼을 거절했을 것이라는 추측이 나돌았다.

---

* 프랑스어로 '순진하다'라는 뜻.

성에는 성문이 나 있고 창문도 많이 달린데다 심지어 커다란 홀에 태피스트리까지 걸려 있는 것으로 보아 남작은 틀림없이 베스트팔렌 지방의 권세 있는 영주 가운데 한 사람이었다. 남작은 사냥할 때 성 안의 모든 개를 사냥개로 썼으며 마부들을 사냥꾼으로 부렸다. 마을의 보좌신부는 남작의 전속 사제였다. 영지 사람들은 모두 남작을 영주님이라 불렀고, 그가 아무리 재미없는 이야기를 해도 모두 크게 웃어주었다.

몸무게가 대략 158킬로그램은 되는 남작 부인은 그 육중한 몸집만으로도 세인의 칭송을 받았다. 하지만 그녀를 더욱 존경스럽게 만드는 것은 저택의 손님들을 맞이하는 위엄 있는 태도였다. 열일곱 살 난 남작의 딸 퀴네공드는 혈색이 좋고 풋풋하고 포동포동하고 탐스러운 아가씨였다. 남작의 아들은 모든 면에서 아버지의 위엄을 이어받은 듯한 청년이었다. 가정교사 팡글로스는 남작 집안의 예언자로, 어린 캉디드는 제 나이와 성품에 걸맞게 열심히 그의 가르침을 받았다.

팡글로스 선생은 형이상학적·신학적 우주론을 가르쳤다. 그는 원인 없는 결과는 없다는 것, 이 가능한 최선의 세계 안에서 남작의 성이 모든 성들 가운데 가장 아름다우며 남작 부인이 모든 남작 부인들 가운데 가장 아름답다는 것을 놀랍도록 잘 증명해 보였다.

"사물들이란 달리 존재할 수 없다는 것이 증명되었습니다. 모든 것은 한 가지 목적을 위해 만들어졌으며 반드시 최선의 목적을 위해 존재하기 때문이지요. 코는 안경을 걸치기 위해 만들어졌고 그래서 우리는 안경을 쓰는 겁니다. 두 다리는 바지를 입기 위해 만들어졌고 그래서 우리는 바지를 입는 것이지요. 돌멩이는 다듬어져서 성을 쌓기 위해 그런 모양이 되었고, 그렇기에 영주님은 너무나 아름다운 성을 가지고 계십니다. 이 지방에서 가장 훌륭한 남작은 가장 훌륭한 곳에서 사셔야 하니까요. 돼지는 잡아먹히기 위해 태어났으니 우리는 일 년 내내 돼지고기를 먹습니다. 그러니까 모든 것이 선이라고 주장하는 것만으로는 말이 안 됩니다. 모든 것이 최선이라고 말해야 하는 거죠."

캉디드는 선생의 말을 주의깊게 듣고 순진하게 믿었다. 비록 대놓고 말할 만큼 대담하지는 못했지만 그도 퀴네공드 양이 이 세상에서 누구보다 아름답다고 생각하고 있었던 것이다. 툰더 텐 트론크 남작이 태어난 것이 첫째 행복이라면, 두번째 행복은 퀴네공드 양이 존재하는 것이고, 세번째 행복은 그녀를 매일 보는 것이고, 네번째 행복은 이 지방에서 가장 훌륭한 철학자이므로 당연히 지구에서 가장 훌륭한 철학자인 팡글로스 선생의 강의를 듣는 것이었다.

어느 날 퀴네공드는 '공원'이라고 불리는 성 주변의 작은 숲 길을 산책하다 무성한 잡초 사이로 팡글로스 박사를 보게 되었다. 그는 갈색 머리에 대단히 예쁘고 온순한 남작 부인의 하녀에게 신체 실험 강의를 하는 중이었다. 퀴네공드는 과학적 재능이 뛰어났으므로 그 증인이 되어 반복되는 실험을 숨죽이고 지켜보았다. 그녀는 박사가 말한 '충족 이유'*와 '원인과 결과'를 분명하게 이해하게 되었고, 자신이 젊은 캉디드의 '충족 이유'가 될 수 있고 캉디드도 자신의 '충족 이유'가 될 수 있으리라는 상상을 했다. 그리고 몹시 흥분한 상태로 골똘히 생각에 잠

---

* 라이프니츠의 이론에 등장하는 철학용어로 '어떤 일이 일어나는 데 반드시 수반되는 원인'을 말한다.

겨 자신도 학자가 되고 싶다는 열렬한 욕망을 가득 품은 채 발걸음을 돌렸다.

퀴네공드는 성으로 돌아오는 길에 캉디드를 만났고 갑자기 얼굴이 붉어졌다. 캉디드 역시 얼굴을 붉혔다. 그녀는 아주 작은 목소리로 인사했다. 캉디드도 자기가 무슨 말을 하는지도 모른 채 그녀의 인사를 받았다. 다음날 사람들이 저녁식사를 마치고 식당에서 나왔을 때, 퀴네공드와 캉디드는 병풍 뒤에서 만났다. 퀴네공드가 손수건을 떨어뜨렸고 캉디드가 그것을 주웠다. 그녀는 순진하게 그의 손을 잡았고 젊은이는 아가씨의 손에 생기 있고 다정다감하게 그리고 아주 우아하게 입을 맞추었다. 입술이 서로 맞닿았고 눈길이 불타올랐다. 무릎이 떨렸고 손은 어찌할 줄을 몰랐다. 툰더 텐 트론크 남작이 병풍 근처를 지나다 이 '원인과 결과'를 보더니 캉디드를 뒤에서 발길로 걷어차고는 바로 성에서 내쫓았다. 퀴네공드는 기절해버렸고 정신이 들자마자 남작 부인에게 뺨을 얻어맞았다. 존재할 수 있는 성 중에서 가장 아름답고 가장 살기 좋은 성에서 일어난 일에 모두가 아연실색했다.

2장
캉디드는 어쩌다 불가리아 병사들에게 잡혔는가

지상 낙원에서 쫓겨난 캉디드는 어디로 가야 할지도 모르고 오래도록 걸었다. 하늘을 올려다보며 눈물을 흘리며, 성 중에서 가장 아름다운 성을 자꾸 돌아보았다. 세상에서 가장 아름다운 남작의 따님이 그 성에 갇혀 있었다. 그는 저녁도 굶은 채 밭이랑에 누웠다. 함박눈이 내리고 있었다. 다음날 완전히 몸이 언 캉디드는 이웃 마을로 지친 걸음을 옮겼다. 발트베르그호프 트라브크 디크도르프라는 마을이었다. 캉디드는 가진 돈도 한 푼 없었고 배는 너무 고프고 지쳐서 죽을 지경이었다. 그는 처량하게 술집 문 앞에 멈춰 섰다. 파란색 옷을 입은 남자 둘이 그를 유심히 쳐다보았다.

"이보게, 아주 잘생긴 젊은이로구먼. 징집할만한 체격이야." 그중 한 사람이 말했다. 그들은 캉디드 쪽으로 다가와 아주 정중하게 그를 저녁식사 자리에 초대했다.

"나리들, 저로서는 영광입니다만 저는 제 음식 값을 치를 돈이 없습니다." 캉디드는 매력 있는 말투로 겸손하게 말했다.

"아, 선생, 당신 같은 용모와 재능을 가진 사람은 아무것도 내지 않아도 되오. 당신 키가 180센티미터쯤 되지 않소?" 파란 옷을 입은 남자 중 한 명이 말했다.

"네, 그렇습니다." 캉디드가 무릎을 굽혀 절을 하면서 말했다.

"선생, 식탁에 앉으시죠. 우리가 대접하겠소. 그뿐만 아니라 당신 같은 남자가 돈이 없어 고통을 당하게 하지 않겠소. 사람들은 오직 서로 돕기 위해 만들어졌다오."

"옳은 말씀입니다." 캉디드가 말했다. "팡글로스 선생님이 제게 늘 그렇게 말씀하셨습니다. 모든 것은 최선의 상태에 있다는 것을 잘 알고 있습니다."

두 남자는 캉디드에게 은화 몇 닢을 주며 제발 받아 달라고 간청했다. 캉디드는 돈을 받는 대신 차용증을 써주려고 했으나 둘은 극구 사양했다. 그들은 함께 식탁에 자리를 잡았다. "당신은 사랑하시오……?"

"네, 저는 퀴네공드 양을 사랑합니다." 그가 대답했다.

"그게 아니라 불가리아 왕*을 사랑하느냐고 물은 것이오." 남자들 중 한 명이 말했다.

"전혀요, 저는 그분을 뵌 적이 없으니까요." 캉디드가 말했다.

"뭐라! 그분은 왕 중에 가장 멋진 분이오. 그분의 건강을 위해 건배

---

* 프로이센의 왕 프리드리히 2세를 암시한다. 본문의 불가리아는 가공의 국명이다.

52

합시다."

"오! 기꺼이 그러겠습니다, 나리들." 캉디드는 잔을 들었다.

"됐소." 그들이 말했다. "당신은 이제 불가리아의 지지자이며 후원자, 보호자이자 영웅이오. 당신에겐 재산이 생겼고 당신의 영광은 보장되었소." 두 사람은 그 자리에서 캉디드의 발에 족쇄를 채우고 그를 연대로 데려갔다. 사람들이 그에게 좌향좌 우향우를 시키고 막대기를 올렸다 내렸다 하게 하고 옆으로 눕게 하고 총을 쏘게 하고 빨리 걸으라고 했다. 그리고 곤봉으로 서른 대를 때렸다. 이튿날엔 좀 덜 고약한 훈련을 했다. 곤봉을 스무 대밖에 맞지 않은 것이다. 그다음날엔 열 대로 줄었다. 그런 그가 동료들에게는 영웅으로 보였다.

완전히 얼이 빠져버린 캉디드는 아직도 자신이 어떻게 영웅이 되었는지 도무지 이해가 가지 않았다. 쾌락을 위해 다리를 사용하는 것은 동물과 인간의 특권이라고 생각하면서 앞을 향해 똑바로 걸어 산책을 나가보니 아름다운 봄날이었다. 그런데 그가 채 8킬로미터를 못갔을 때였다. 키가 180센티미터가 넘는 또다른 네 명의 영웅이 나타나 그를 덮치고 묶어서 지하 독방으로 데리고 갔다. 그들은 그에게 전체 연대원에게 돌아가며 서른여섯 대씩 맞을 것인지, 한 번에 열두 개의 탄환을 뇌 속에 박을 것인지 어느 쪽이 더 좋으냐고 심판하듯 물었다. 의지는 자유로운 것이며 어느 쪽도 원치 않는다고 말했지만 소용없었다. 선택을 해야만 했다. 그는 우리가 자유라고 이름 붙인 신이 주신 선물에 힘입어 곤봉으로 서른여섯 대를 맞기로 결정했다. 그는 두 바퀴를 돌아가며 맞았다. 연대는 이천 명이었으므로 두 번만 돌아도 사천 대가 되어 목덜미부터 엉덩이까지 온 근육과 신경이 터져나왔다. 세번째로 또 한 바퀴 돌게 되었을 때 캉디드는 더이상 버틸 수가 없어서 호의를 베풀어 그의 머리를 깨부수어 달라고 간청했고 그 간청은 받아들여졌다. 사람들은 그의 눈을 가리고 무릎을 꿇게 했다. 그런데 그 순간 불가리아의 왕이 지나다 발길을 멈추고는 그의 죄를 물었다. 통찰력이 뛰어난 왕은 캉디드에 대해 전해 듣고 그가 세상 물정 어두운 숙맥의 젊은 형이상학자임을 간파했다. 그리하여 온 세기에 걸쳐 온갖 신문으로부터 칭송받을 관용으로 그에게 은총을 내렸다. 솜씨 좋은 의사 하나가 디오스코리데스*에게 전수받은 고약을 발라 캉디드를 3주 만에 낫게 해주었다. 불가리아의 왕이 아바르족 왕과 전투를 개시했을 무렵에는 벌써 새살도 약간 돋았으며 충분히 걸을 수 있게 되었다.

---

* 그리스의 약초학자.

3장
캉디드는 어떻게 불가리아인들 사이에서
목숨을 구했으며 그후 어찌되었는가

이보다 더 근사할 수 없을 정도로 양쪽 군대는 대단히 멋지고 민첩하고 번쩍번쩍하고 일사불란했다. 트럼펫, 피리, 오보에, 북, 대포가 어울려 지옥에서도 들어보지 못했을 음악을 만들어냈다. 먼저 대포가 양쪽 편에서 거의 육천 명이나 되는 인간을 쓰러뜨렸다. 이어서 화승총으로 무장한 병사들이 지상을 오염시키던 약 구천에서 만 명 사이의 악당을 최선의 세계에서 제거해나갔다. 총검은 수천 명의 죽음을 야기하는 충족 이유였다. 죽은 영혼은 모두 삼만여 명에 달했다. 캉디드는 철학자처럼 벌벌 떨며 이 영웅적인 도살이 행해지는 동안 그가 할 수 있는 최선의 방법으로 몸을 숨겼다.

마침내 양측의 왕은 각자 자기 진영에서 테 데움*을 노래하도록 했다. 캉디드는 '원인과 결과'를 다른 데서 찾아보기로 결심했다. 그는 먼저 시체 더미와 죽어가는 사람들 무리를 넘어 이웃 마을에 당도했다. 마을은 온통 재로 뒤덮여 있었다. 공공의 권리를 위한 법**에 따라 불가리아인들이 불지르고 간 아바르족의 마을이었다. 한쪽에서는 총검에 찔린 늙은이들이 자기 아내가 피 흐르는 젖가슴에 아이들을 매달고 목이 잘려 죽어가는 것을 바라보고 있었고, 저쪽에서는 처녀들이 몇몇 영웅들의 생리적 욕구을 달래준 뒤 배가 갈라진 채 마지막 숨을 몰아쉬고 있었다. 그리고 반쯤 불에 타서 차라리 죽여 달라고 울부짖는 사람들도 있었다. 잘린 팔다리 옆으로 뇌수가 쏟아져 땅을 적시고 있었다.

캉디드는 젖 먹던 힘을 다해 다른 마을로 달아났다. 불가리아 군대가 점령한 마을이었는데 아바르의 영웅들은 그 마을에 불가리아 군이 한 것과 똑같은 짓을 저질러놓았다. 캉디드는 배낭에 식량을 조금 챙겨 한시도 퀴네공드를 잊지 않은 채 퍼덕대는 팔다리 위로, 잿더미 위로 걷고 또 걸어 마침내 전쟁터 밖으로 나왔다. 그가 네덜란드에 도착했을 때는 식량이 다 떨어진 상태였다. 그러나 이 나라에서는 모두가 부자이고 기독교인이라고 들었기 때문에 캉디드는 퀴네공드의 아름다운 눈으로 인해 성에서 쫓겨나기 전 남작의 성에서 받았던 그런 대접을 사람들이 해주리라고 믿어 의심치 않았다.

캉디드는 점잖은 신사 여러 명에게 동냥을 구했다. 그러자 그들은 모두 이런 짓거리를 계속하면 그를 감화원에 가두고 먹고사는 법을 가르쳐주겠노라고 했다.

---

* 가톨릭에서 신의 은총을 찬미하며 부르는 라틴어 성가. 전장에서는 승리에 대한 감사의 찬가로 불렸다.
** 전시국제공법.

다음에는 방금 의회에서 한 시간 내내 자선에 대해 단독 연설을 하고 나오는 어떤 사람에게 말을 걸었다. 이 설교가는 그를 삐딱하게 쳐다보더니 말했다.

"여기서 뭐하는 거요? 그럴만한 이유가 있어서 여기 있는 거요?"

"원인 없는 결과란 없습니다. 모든 것은 필연적으로 연결되고 최선을 위해 조합되어 있습니다. 저는 결국 퀴네공드 양의 곁에서 쫓겨나야 했고 곤장을 맞아 죽을 지경이 되어야만 했습니다. 저는 빵을 얻을 수 있을 때까지 빵을 구걸해야만 합니다. 이 모든 일은 어떻게든 달라질 수 없었던 것입니다." 캉디드는 겸손하게 대답했다.

"이보게, 당신은 교황이 적그리스도*라고 생각하는가?" 설교가가 물었다.

"저는 아직 그런 말을 들어보지 못했습니다. 그런데 그렇든지 아니든지 간에 저는 먹을 게 없습니다." 캉디드가 대답했다.

"너는 먹을 자격이 없다. 꺼져라, 이놈아, 꺼져버려, 불쌍한 자식, 내게 빌붙어 살려고 하지 마라." 설교가가 말했다.

설교가의 아내는 창가에 머리를 내밀고 있다가 교황이 적그리스도인지 아닌지 의심하는 사람 하나를 알아보고는 머리통 위로 오물을 한 바가지 쏟아부었다. 오, 하느님 맙소사! 귀부인들이 종교에 대해 품은 열정이 이토록 엄청날 수 있단 말인가!

한 번도 세례를 받아본 적 없는 선량한 재세례파**신자인 자크라는

---

* 성경에서 예언된 존재로 세상 종말에 나타나는 그리스도의 적대자.
** 종교개혁 시기에 등장한 교파로, 자신의 의지로 받은 것이 아니라는 이유로 유아세례를 인정하지 않고 다시 세례를 받아야 한다고 주장했다.

사람이 자기 형제 중의 한 명이며 깃털 없이 두 발로 서서 걷는 이 존재, 영혼을 지니고 있는 이 존재가 잔인하고 치욕스럽게 수모를 당하는 광경을 보았다. 그는 캉디드를 자기 집으로 데리고 가서 씻기고 그에게 빵과 맥주를 주고 은화 두 닢을 선물로 주었으며, 심지어 네덜란드에서 만드는 페르시아 옷감 공장에서 일을 가르쳐주고 싶어했다. 캉디드는 그에게 머리를 조아리다시피 하며 큰 소리로 말했다.

"검은 망토를 걸친 신사와 그 부인이 보여준 냉혹함보다 당신의 극진한 관대함에 저는 한없이 감동했습니다. 그래서 팡글로스 선생님께서 이 세상 모든 것은 최선의 상태에 있다고 제게 늘 말씀하셨군요."

다음날 캉디드는 산책을 하다가 거지 하나를 만났다. 그 거지는 종기가 잔뜩 나고 눈빛은 퀭하고 코끝은 빨갛고 입은 비뚤어지고 이빨은 누렇고 목구멍에서 그렁그렁 소리가 나고 심한 기침으로 괴로워하더니 그때마다 침을 뱉어냈다.

4장
캉디드는 어떻게 옛 철학 선생 팡글로스 박사를
만났으며 그후 어찌되었는가

캉디드는 공포감보다는 연민에 사로잡혀 이 끔찍한 거지에게 재세
례파 자크한테서 받은 은화 두 닢을 주었다. 유령과 다름없는 거지는
그를 뚫어지게 쳐다보더니 눈물을 흘리며 그의 목을 끌어안았다. 캉디
드는 무서워서 흠칫하며 물러섰다.

"아, 이런! 자네의 친애하는 팡글로스를 못 알아본단 말인가?" 그 불
쌍한 이가 또다른 불쌍한 이에게 이렇게 말했다.

"무슨 말씀입니까? 당신이, 당신이 제 선생님이라고요! 이런 끔찍한
모습을 한 당신이! 도대체 어떤 불행이 닥친 것입니까? 어째서 성 중
의 가장 아름다운 성에 계시지 않는 겁니까? 처녀 중의 진주, 자연이
빚은 걸작품인 퀴네공드는 어찌되었고요?"

"나는 이제 더 못 버티겠네." 팡글로스가 말했다. 캉디드는 지체 없

이 그를 재세례파 신자의 외양간으로 데리고 가서 빵을 조금 먹였다. 팡글로스가 몸을 추스르자 그는 다시 물었다.

"그런데, 퀴네공드는요?"

"그녀는 죽었다네."

캉디드는 이 말에 정신을 잃었다. 똑같이 거지 신세로 진락한 팡글로스가 마침 외양간에서 냄새가 고약한 식초를 찾아내 그에게 몇 방울 떨어뜨리자 캉디드는 다시 눈을 떴다.

"퀴네공드가 죽었단 말입니까! 아! 최선의 세상이라더니, 당신은 어디 계셨습니까? 그런데 무슨 병으로 죽은 겁니까? 설마 내가 그녀의 아버지인 나리께 발길질당하고 아름다운 성에서 쫓겨나는 걸 봐서 그리된 것은 아니겠지요?"

"아니네, 그녀는 겁탈을 당할 만큼 당한 후에 불가리아 병사들한테 배가 갈라져 죽었다네. 그놈들은 막아서는 남작의 머리도 부숴버렸어. 남작 부인은 난도질을 당했고, 내 가르침을 받던 가여운 남작 아들 역시 누이와 똑같이 당했다네. 성에는 돌멩이 하나, 헛간 한 채, 양 한 마리, 오리 한 마리, 나무 한 그루 남아나지 않았어. 하지만 제대로 복수해줬지. 불가리아 영주 땅인 이웃 남작령에서 아바르 병사들이 우리가 당한 그대로 불가리아인들한테 되갚아줬거든."

이 얘기를 듣다가 캉디드는 다시 정신을 잃었다. 그러나 곧 정신을 차리고는 그 전에 하려던 말을 다 하고 나서 팡글로스를 이토록 불쌍한 지경에 이르게 한 '원인과 결과'와 '충족 이유'를 따져 물었다.

"저런! 그건 사랑 때문이네. 사랑, 인간의 위로자이며 우주의 수호자, 감각 있는 모든 존재의 영혼인 부드러운 사랑 말일세." 팡글로스가 말했다.

"아아! 사랑, 저도 압니다. 이 사랑, 마음을 지배하는 군주, 우리 영혼의 영혼이지요. 제게 사랑은 한 번의 입맞춤과 스무 번의 발길질입니다. 그런데 그 아름다운 원인이 어떻게 당신에게 이토록 무서운 결과를 낳았단 말입니까?" 캉디드가 말했다.

팡글로스는 이런 말로 대답했다. "나의 사랑스러운 캉디드! 자네도 파케트를 알겠지. 우리 존귀하신 남작 부인의 귀여운 시녀 말일세. 나는 그녀의 품에서 천국의 행복을 맛보았는데, 그것이 지금 자네가 보다시피 나를 집어삼킨 지옥의 고통을 낳았다네. 그녀는 성병에 걸려 있었고 아마도 그 때문에 죽었을 게야. 파케트는 꽤나 학식 있는 성 프란체스코 수도회 수사한테서 그 선물을 받았지. 역사는 거기서부터 시작되었다네. 왜냐하면 그 수사는 늙은 백작 부인에게서 그 병을 옮았고 백작 부인은 기병대장에게서, 기병대장은 후작 부인에게서, 후작 부인은 어느 시동에게서, 시동은 한 예수회 수사에게서 옮았다니까. 그는 수련 수사 시절에 크리스토퍼 콜럼버스 일행 중 한 사람에게서 직접 그 병을 옮았다네. 나는 아무한테도 옮기지 않을 걸세. 나는 죽어가고 있으니까."

"오, 팡글로스! 이상한 계보로군요. 그런 계보를 만든 건 악마가 아닐까요?" 캉디드가 소리쳤다.

"천만에. 최선의 세계에서 그것은 필수불가결한 일이고 필요 성분이라네. 만약 콜럼버스가 아메리카의 한 섬에서 생식의 근원을 오염시키는 병에 걸리지 않았더라면, 종종 생식 불능을 만들어 자연의 위대한 목표를 거스르는 이 병 말일세, 아무튼 우리는 초콜릿도 양홍*도 얻지 못했겠지. 오늘날까지 우리 유럽 대륙에서 벌어지는 이념 논쟁이 그렇듯이 이 병도 우리 유럽인들한테만 있다는 점에 주목해야 하네. 터키인, 인도인, 페르시아인, 중국인, 시암인, 일본인들은 아직 이 병을 모른다네. 하지만 몇 세기 안에 그들도 알게 될 충족 이유가 있지. 시간이 지나면서 이 병은 우리들 사이에서 놀라울 정도로 퍼져가고 있는데, 특히 교육을 잘 받고 정직한 용병들로 구성되어 나라의 운명을 결정하는 군대 안에서 그렇다네. 삼만 명의 병사가 전장에서 같은 병력의 적군과 싸운다면 양측에 매독 환자가 대략 이만 명씩은 있을 거라고 장담할 수 있네."

"놀라운 일이군요. 그런데 선생님은 치료를 받아야 하지 않습니까?" 캉디드가 말했다.

"어떻게 치료를 받겠나? 나는 돈이 한 푼도 없다네. 이보게, 이 세상 어디에서도 돈을 내지 않고는, 혹은 대신 돈을 내줄 사람 없이는 피를 뽑을 수도 없고 관장을 할 수도 없어."

이 마지막 말에 캉디드는 결심했다. 그는 자비로운 재세례파 자크에게 가서 그의 발아래 엎드리며 친구의 딱한 처지를 무척이나 감동적으로 그려내 보였다. 그러자 그 호인은 주저 없이 팡글로스 박사를 거둬들여 자기 돈으로 팡글로스를 치료받게 했다. 팡글로스는 치료 중에 한쪽 눈과 한쪽 귀만 잃었다. 그는 글씨를 잘 쓰고 계산에 능했으므로 재세례파 자크는 그를 부기 담당자로 삼았다. 두 달 후에 사업차 리스본에 갈 일이 생기자 그는 이 두 철학자를 데리고 배에 탔다. 팡글로스

---

* 연지벌레에서 추출하는 붉은 색소.

는 어떻게 모든 것이 최선의 상태에 있는지 자크에게 설명했지만, 그는 이 생각에 동의하지 않았다.

"인간이란 본성이 약간 타락할 수밖에 없습니다. 인간은 늑대로 태어나지 않았는데 늑대가 되었으니까요. 신은 인간에게 24구경 대포도 총검도 주지 않았는데, 인간은 총검과 대포를 만들어 스스로 파멸하고 있는 것입니다. 파산의 경우를 생각해봐도, 법은 채권자들의 권리를 빼앗기 위해 파산자들의 재산을 차지해버리지요." 자크가 말했다.

"모든 일은 불가피한 것입니다." 애꾸눈 박사가 대답했다. "특별한 불행들이 일반적인 선을 만듭니다. 그러니 특별한 불행이 많으면 많을수록 모든 것은 더욱더 선이 되는 것입니다." 그가 따지는 동안 주위는 어두워졌다. 바람이 사방에서 불어왔다. 배는 리스본 항구를 눈앞에 두고 세상에서 가장 무서운 폭풍우에 휩쓸렸다.

5장
폭풍우, 난파, 지진 틈에서 팡글로스와 캉디드,
재세례파 자크에게 무슨 일이 일어났는가

배에 탄 사람들의 절반은 요동치는 배에 몸도 뒤집힐 듯이 흔들려서 온 신경과 체액이 거꾸로 돌아가 참기 힘든 고통에 괴로워했다. 그들은 완전히 기진맥진해서 위험에 불안해할 힘조차 없었다. 나머지 절반은 비명을 지르거나 기도를 했다. 돛이 찢겨나가고 돛대는 부러졌으며 배에는 구멍이 났다. 나름대로 모두 일을 했지만 아무도 상대의 말을 듣지 않고 지휘하는 사람도 없었다. 재세례파 자크는 배를 조종하는 일을 돕느라 갑판 위에 있었는데, 성난 수부 한 명이 그를 세차게 때려 그만 바닥에 뻗어버리고 말았다. 그런데 그 수부 역시 자기가 내리친 주먹의 반동이 하도 세어 균형을 잃고 배 밖으로 곤두박질쳤다. 그는 부러진 돛대에 대롱대롱 매달려 있었다. 선량한 자크가 달려가서 다시 배 위로 올라오도록 그를 도와주었다. 자크는 그렇게 애를 쓰다가 수부의 눈앞에서 그만 바다에 빠지고 말았다. 그러나 수부는 거들 떠보지도 않고 그가 빠져 죽도록 내버려두었다. 캉디드가 달려왔고 그의 은인이 잠시 수면에 떠올랐다가 영원히 바다에 잠기는 모습을 보았다. 캉디드는 그를 따라서 바다에 뛰어들려고 했다. 그러나 철학자 팡글로스가 리스본 항만이란 것이 이 재세례파가 빠져 죽을 수밖에 없도록 그렇게 만들어졌다는 것을 논증하면서 그를 말렸다. 그가 선험적으로* 그 사실을 증명하는 동안 갑판이 갈라져 모두가 물에 빠졌다. 팡글로스와 캉디드, 그리고 덕망 있는 자크를 빠져 죽게 한 못된 수부만 살아남았다. 그 녀석은 운 좋게도 기슭까지 헤엄쳐 갔고, 팡글로스와 캉디드도 널빤지에 실려 해안에 닿을 수 있었다.

정신이 조금 들자 그들은 리스본을 향해 걸어갔다. 폭풍우를 피한 후에도 돈 몇 푼이 남아 있었으므로 그 돈으로 밀려드는 허기를 면할 생각이었다.

은인의 죽음을 슬퍼하면서 도시에 발을 들여놓기 무섭게 그들은 발밑에서 땅이 흔들리는 것을 느꼈다. 항구에서 거품을 일으키며 바닷물이 솟아올라 정박중인 배들을 산산조각 내버렸다. 불꽃과 재가 회오리치며 거리와 광장을 뒤덮었고 집들이 무너져 지붕이 거꾸로 뒤집혔으며 주춧돌은 흩어져버렸다. 남녀노소 할 것 없이 삼만 명의 주민이 폐허 아래 깔렸다. 수부는 휘파람을 불면서 장담하듯 이렇게 말했다. "여기 돈벌이될 게 좀 있겠네."

"이 현상의 '충족 이유'는 무엇일까?" 팡글로스가 말했다.

---

* 여기서 볼테르는 '선험적으로'라는 말을 '실험적 검증 없이 추상적으로'라는 뜻으로 쓰고 있다.

"이게 바로 세상의 종말이구나!" 캉디드가 외쳤다. 수부는 즉시 잔해 더미 가운데로 달려가서 죽음을 무릅쓰고 돈을 찾아다녔다. 그는 돈을 구했고, 돈을 찾았고, 술에 취했다. 술이 어느 정도 깼을 때는 무너진 집들의 폐허와 죽어가는 사람들과 주검들 틈에서 처음 만난 아가씨의 마음을 돈을 주고 사는 데 열심이었다. 그러자 팡글로스가 그의 소매를 잡아당겼다.

"이보게, 이건 좋은 일이 아니네. 자네는 보편 이성이 부족해. 지금은 그럴 때가 아니야."

"빌어먹을!" 선원이 대답했다. "나는 뱃놈이고 바타비아* 태생이오. 일본을 네 차례 여행하면서 십자가 위를 네 번이나 밟고 지나갔다고. 당신은 보편 이성으로 사람을 잘도 알아봤구려!"

그때 갑자기 떨어진 돌덩이에 캉디드가 부상을 입었다. 그는 길 위에 내동댕이쳐졌고 잔해에 묻혔다. 그가 팡글로스에게 말했다.

"아아! 포도주와 기름을 좀 얻어다주십시오.** 죽을 것 같습니다."

"이런 지진이 처음은 아니네." 팡글로스가 대답했다. "과거에 아메리카 대륙에서 리마 시가 똑같은 지진을 겪었지. 같은 원인, 같은 결과네. 틀림없이 리마에서 리스본까지 땅 밑으로 유황 자락이 있는 게야."

"아주 그럴듯하군요. 그런데 제발, 기름과 포도주를 좀." 캉디드가 말했다.

"뭐라고, 그럴듯하다고? 나는 증명이 되었다고 주장하는 것이야." 철학자가 응수했다.

---

* 네덜란드 식민지 시절 자카르타의 이름.

** 당시에는 상처를 소독하는 데 포도주를 사용하고 기름을 진통제로 사용했다.

캉디드는 정신을 잃었고 팡글로스가 근처의 샘물을 조금 떠다주었다.

다음날 그들은 잔해 사이를 이리저리 미끄러져 다니면서 먹을 것을 구해 얼마간 요기를 하고 기운을 회복했다. 그러고 나서 다른 사람들과 함께 간신히 목숨이 붙어 있는 사람들을 구하는 작업을 했다. 그들 덕에 목숨을 건진 주민 몇 사람이 이런 재앙 속에서 차려낼 수 있는 최선의 식사를 그들에게 대접했다. 정말이지 목이 메는 식사였다. 함께 밥을 먹던 사람들은 눈물로 빵을 적셨다. 그러나 팡글로스는 이런 일은 달리 어쩔 수 없는 것이라고 말하며 그들을 위로했다.

"왜냐하면 모든 것은 최선의 상태로 되어 있으니 그렇습니다. 왜냐하면 리스본에 화산이 하나 있다면, 그 화산이 다른 곳에 있을 수는 없으니까요. 왜냐하면 어떤 사물이 있는 곳에 그 사물이 없기란 불가능하니까 그렇습니다. 왜냐하면 모든 것은 최선이니까요."

종교재판관의 첩자로 옆에 있던 키 작은 흑인 하나가 공손하게 그의 말을 받았다.

"틀림없이 선생님은 원죄를 믿지 않으시는군요. 왜냐하면 모든 것이 최선의 상태에 있다면 타락도 징벌도 없을 테니 말입니다."

"삼가 당신에게 양해를 구하는 바입니다." 팡글로스는 더욱 공손히 대답했다. "인간의 타락과 저주는 필연적으로 가능한 세계의 최선 안으로 들어올 수밖에 없습니다."

"선생님은 그렇다면 자유를 믿지 않으십니까?" 첩자가 말했다.

"제 말을 이해해주시기 바랍니다" 하고 팡글로스가 말했다. "자유는 절대적 필연성을 가지고 존속할 것입니다. 왜냐하면 우리는 반드시 자

유로워야 하기 때문입니다. 왜냐하면 결국 한정된 의지란……" 팡글로
스는 말을 이어갔고 첩자는 포르토인지 오포르토인지 하는 포도주를
따르고 있는 자신의 경호원에게 고갯짓으로 신호를 보냈다.

6장
어떻게 지진을 막기 위해 근사한 화형식이 거행되고
캉디드는 어떻게 볼기를 맞게 되었는가

리스본의 사 분의 삼을 파괴한 지진이 지나간 후에 이 나라의 현자들은 완전히 잿더미가 되지 않도록 방비하기 위해서는 주민들에게 근사한 화형식을 보여주는 것이 가장 효과적인 방법이라고 생각했다. 장엄한 의식을 치르며 장작불에서 몇 사람 태우는 광경을 연출하면 실패 없이 지진을 막는 비책이 되리라는 것이 코임브라 대학*에서 결정된 사항이었다.

그래서 자기 대모와 결혼한** 비스카야 사람 한 명과 돼지기름에 구

---

* 포르투갈 최고(最古)의 대학으로 학교가 위치한 코임브라는 당시 종교재판의 중심 도시였다.

** 가톨릭에서 아이의 친부모와 대부모 간, 대부모들 간, 아이와 대부모 간에는 결혼이 금지되어 있다.

운 닭고기를 먹을 때 기름을 걷어낸* 포르투갈 사람 두 명을 잡아들였다. 저녁을 먹고 나자 팡글로스 박사와 그의 제자 캉디드를 붙잡으러 사람들이 왔다. 한 사람은 사제 같은 태도로 말했고 다른 사람은 그 말을 들었다는 이유를 댔다. 두 사람은 햇빛이라고는 들지 않아 썰렁하기 짝이 없는 독방으로 따로따로 끌려갔다. 일주일 후에 두 사람 모두 산베니토**를 입었고 머리에는 종이로 만든 뾰족모자를 쓰게 되었다. 캉디드의 산베니토와 뾰족모자에는 아래로 향한 불꽃과 꼬리도 손톱도 없는 악마가 그려져 있는데 반해 팡글로스의 악마들은 손톱과 꼬리가 있었고 불꽃도 똑바로 서 있었다. 그들은 그런 차림으로 줄지어 걸어가서 비장한 설교를 들었고, 이어서 아름다운 포부르동*** 성가를 들었다. 캉디드는 사람들이 노래를 부르는 동안 장단에 맞춰 볼기를 맞았다. 비스카야 사람과 닭고기에 묻은 돼지기름이 먹기 싫었던 두 남자는 화형을 당했다. 팡글로스는 관례가 아니었음에도 교수형을 당했다. 바로 그날 무시무시한 굉음을 내며 또다시 지진이 일어났다.

캉디드는 혼비백산하여 뭐가 뭔지 모르는 채 피범벅이 되어 덜덜 떨면서 중얼거렸다.

"이곳이 가능한 세계의 최선이라면 도대체 다른 세상은 어떨까? 불가리아 군대에 있을 때도 볼기를 맞았으니 내가 볼기를 맞은 건 그렇다 치자. 하지만 사랑하는 팡글로스 선생님! 철학자 가운데 가장 위대한 그분이 이유도 모르고 교수형당하는 걸 봐야 했단 말인가! 오, 사랑

---

* 돼지고기를 금하는 유대교의 관습.
** 종교재판에서 이교도를 화형에 처할 때 입힌 옷.
*** 장중하게 다성화한 15세기의 작곡기법.

하는 재세례파 교인! 인간 가운데 가장 선량한 그분이 항구에서 물에
빠져 죽어야만 했단 말인가! 오, 퀴네공드 아가씨! 처녀 가운데 진주
같은 보석인 그녀가 배가 갈라져 죽어야만 했단 말인가!"

캉디드는 설교를 듣고 볼기를 맞고 사면과 축복을 받고 간신히 몸을
추슬러 돌아왔다. 그때 노파 한 사람이 그에게 다가와 말했다.

"젊은이, 용기를 내고 나를 따라오시게."

7장
노파는 어떻게 캉디드를 돌봐주게 되었으며
캉디드는 어떻게 사랑하는 사람과 재회하는가

캉디드는 조금도 용기가 나지 않았지만 노파를 따라 오두막집으로 갔다. 노파는 그에게 상처에 바를 연고 한 통을 주고 먹을 것과 마실 것을 주고 제법 깨끗한 작은 침대를 보여주었다. 침대 곁에는 정장이 한 벌 있었다.

"먹고 마시고 눈 좀 붙여요. 아토차의 성모와 파도바의 성 안토니오와 콤포스텔라의 성 야고보께서 당신을 돌봐주시기를! 내일 다시 오지요."

캉디드는 여전히 자기가 보고 겪었던 모든 일들이 놀라운데다가 노파의 자비로움은 더욱 놀라워 노파의 손에 입을 맞추려 했다.

"입맞춰야 할 손은 내 손이 아닙니다. 내일 다시 오지요. 연고 바르고 먹고 좀 자도록 해요."

그토록 많은 불행을 겪기는 했지만 캉디드는 음식을 먹고 잤다. 다음날 노파가 점심식사를 가져다주며 그의 등을 보자고 하더니 손수 다른 연고를 발라주었다. 그런 다음 저녁식사를 가져왔다. 그녀는 저녁때 다시 돌아와 밤참을 가져다주었다. 그다음날도 똑같았다.

"당신은 누구신가요?" 또다시 캉디드는 물었다.

"누가 당신에게 이렇게 친절을 베풀도록 시켰습니까? 제가 이 은혜를 어떻게 갚아야 하지요?"

착한 노파는 아무 대답도 하지 않았다. 노파는 저녁때 다시 왔는데 이번에는 밤참을 가지고 오지 않았다.

"나하고 함께 가요. 아무 말도 말고요." 그녀가 말했다.

노파는 그의 팔을 부축하여 시골길을 400미터쯤 함께 걸었다. 그들은 정원과 운하로 둘러싸인 외딴집에 다다랐다. 노파가 문을 두드리자 누군가가 문을 열어주었다. 노파는 비밀 계단을 통해 금빛 찬란한 방으로 캉디드를 데리고 가서 화려한 비단 소파에 그를 혼자 남겨두더니 문을 닫고 가버렸다. 캉디드는 꿈을 꾸고 있다고 생각했다. 그의 일생이 불길한 꿈처럼 여겨졌는데 지금 이 순간은 기분좋은 꿈처럼 여겨졌다.

곧 노파가 다시 왔다. 노파는 위엄 있는 모습에 보석으로 번쩍번쩍 치장을 하고 베일을 쓰고서 바들바들 떨고 있는 여인을 간신히 부축하고 있었다.

"베일을 벗기세요." 노파가 캉디드에게 말했다.

캉디드가 다가갔다. 그는 수줍은 손길로 베일을 걷어올렸다. 이런 순간이 찾아오다니! 이런 놀라운 일이 있다니! 그는 퀴네공드 아가씨를 보고 있다고 생각했는데 실제로 바로 그녀였다. 그는 온몸에 힘이 빠져 한마디도 소리 내어 말할 수가 없었다. 그는 그녀의 발치에 쓰러져버렸고 퀴네공드는 소파 위에 쓰러졌다. 노파가 술을 퍼붓자 정신이 든 그들은 이야기를 나누었다. 처음에는 사이사이 말이 끊겼고 질문과 대답이 엇갈렸고 한숨과 눈물, 탄식이 이어졌다. 노파가 그들에게 소리를 좀 낮추라고 말하더니 그대로 내버려두었다.

"어쩌면! 바로 당신이! 당신이 살아 계시군요! 당신을 포르투갈에서 다시 보다니요! 그렇다면 겁탈당하신 게 아니었나요? 철학자인 팡글로스 선생님이 제게 분명히 말씀해주신 것처럼 배가 갈라진 게 아니었나요?" 캉디드가 그녀에게 물었다.

"맞아요. 하지만 그 두 가지 일로 해서 반드시 죽는 것은 아니랍니다." 아름다운 퀴네공드가 말했다.

"어머니와 아버지는 정말 돌아가셨나요?"

"그건 어쩔 수 없는 사실이에요." 퀴네공드가 울면서 말했다.

"오빠는요?"

"오빠도 살해당했고요."

"그런데 어째서 당신이 포르투갈에 계시지요? 어떻게 내가 거기 있다는 걸 아셨습니까? 어떤 이상한 운명이 이 집으로 나를 안내한 거죠?"

"다 말씀드릴게요." 퀴네공드가 대답했다. "그런데 그 전에 당신이 순진하게 제게 입을 맞추고 발길질을 당한 후에 당신에게 일어났던 일을 모두 제게 말해주세요."

캉디드는 깊은 존경심으로 그녀의 말을 따랐다. 비록 정신이 없고 힘이 없어 목소리가 떨리고 등뼈가 아직도 약간 아팠지만, 그들이 헤어진 이후 그가 겪었던 모든 일을 더없이 순진하게 그녀에게 이야기해주었다. 퀴네공드는 가끔 눈을 들어 하늘을 보았다. 그녀는 착한 재세례파 교인과 팡글로스의 죽음에 눈물을 흘렸다. 그러고 나서 그녀가 겪은 일을 캉디드에게 이야기해주었는데, 그는 그녀를 뚫어지게 바라보며 한마디도 놓치지 않았다. 그 이야기는 다음과 같다.

8장
퀴네공드의 이야기

"하늘이 우리들의 아름다운 툰더 텐 트론크 성에 불가리아인을 보냈을 때 저는 침대에서 깊이 잠들어 있었어요. 그들은 아버지와 오빠의 목을 베고 어머니를 난도질했어요. 내가 그 광경에 넋이 나간 것을 보고 키가 195센티미터나 되는 불가리아 병사가 나를 겁탈하려 했지요. 그 바람에 정신이 번쩍 들었고 의식을 되찾아 소리치고 발버둥치고 그 사람을 물어뜯고 할퀴었어요. 그 키 큰 불가리아 병사의 눈을 뽑아버리고 싶었답니다. 아버지의 성에서 일어난 모든 일이 세상에서는 흔한 일이라는 것을 알지 못했으니까요. 그 못된 놈이 칼로 내 왼쪽 옆구리를 찔렀어요. 아직도 상처 자국이 남아 있어요."

"오, 저런! 보고 싶어요." 순진한 캉디드가 말했다.

"보게 되겠지요. 지금은 이야기를 계속할게요." 퀴네공드가 말했다.

"계속하세요." 캉디드가 말했다.

그녀는 그렇게 자기 이야기를 이어갔다.

"불가리아 대장 하나가 들어왔는데 피투성이가 된 나를 보았어요. 그런데 그 병사는 하던 짓을 멈추지 않았죠. 대장은 그 못된 놈이 자기에게 존경심을 보이지 않자 화가 나서 내 배 위에 있던 그를 찔러 죽였어요. 그리고 나서 전쟁 포로인 나를 자기 부대로 데려가 사람을 시켜 치료해주라고 했어요. 나는 얼마 안 되는 그의 속옷을 빨아주고 요리도 했어요. 솔직히 이 말을 해야겠는데 그 사람은 내가 아주 예쁘다고 생각했죠. 그 사람도 썩 잘생겼고 희고 부드러운 피부를 가졌다는 건 부인하지 않겠어요. 하지만 무엇보다 재치도 별로 없고 철학도 없었어요. 팡글로스 박사에게 가르침을 받지 않았다는 것은 잘 알 수 있었지요. 그 사람은 석 달이 지나 돈이 다 떨어지고 싫증이 나자 이사샤르라는 유대인에게 나를 팔았어요. 네덜란드와 포르투갈에서 암거래를 하는 자로 여자를 몹시 밝혔지요. 이 유대인이 내 품성에 홀딱 반했지만 그는 뜻을 이루지 못했답니다. 불가리아 병사에게 그랬던 것보다 더 심하게 저항했거든요. 한 번쯤 겁탈을 당할 수는 있지만 명예로운 사람은 그로 인해 정조 관념이 더욱 투철해진답니다.

그 유대인이 나를 길들이려고 보시다시피 이 시골집으로 나를 데려왔지요. 그때까지 나는 이 땅 위에 툰더 텐 트론크 성만큼 아름다운 성은 없는 줄 알았는데 잘못 알고 있었더군요.

어느 날 미사를 보고 있는데 종교재판장이 나를 보았습니다. 그는 내게 심하게 추파를 던지더니 은밀히 할말이 있다고 사람을 보내 전하더군요. 나는 안내를 받아 그의 성으로 갔고 그에게 내 신분을 말해주었지요. 재판장은 그 유대인 남자가 내게 얼마나 어울리지 않는 천한 신분인지 설명해주었습니다. 그러고는 사람을 시켜 이사샤르에게 나를 양보하라고 했어요. 궁정의 은행가로 신망받는 이사샤르는 전혀 그럴 뜻이 없었지요. 재판장은 그에게 화형에 처하겠다고 위협했고 결국 그 유대인은 겁을 먹고 기래를 하기로 했습니다. 그 결과 이 집과 나를 공동으로 소유하기로 한 것이지요. 유대인은 월요일과 수요일과 안식일에, 재판장은 나머지 요일에 나를 갖기로 했습니다. 이 협정이 유지된 지 육 개월이 되었지요. 싸움이 없었던 것은 아닙니다. 구법이냐 신법이냐에 따라 토요일 밤에서 일요일에 이르는 시간이 종종 명확하지 않으니까요.* 나는 두 가지 법을 다 거부하고 지금까지 버텨오고 있는데 내가 여전히 사랑받는 것은 이 때문이라고 생각해요.

결국 지진의 재앙을 피하고 이사샤르를 겁주기 위해서 재판장 나리는 기꺼이 화형식을 거행하기로 했습니다. 그는 내게 화형식에 참석할 영광을 주었지요. 아주 좋은 자리에 앉았어요. 미사가 끝나고 화형 집행 전에 부인들에게 음료수를 가져다주기도 하는 자리였지요. 포르투갈 출신의 두 유대인과 대모와 결혼했다는 정직한 비스카야인이 불에 타는 것을 보고 나는 사실 공포에 사로잡혔답니다. 그런데 산베니토와 삼각모자의 행렬에서 팡글로스를 닮은 사람을 보았으니 얼마나 놀라고 두렵고 고통스러웠겠습니까! 눈을 비비고 주의깊게 바라보는데 정말 교수형을 받는 것을 보고는 그만 기진맥진해서 쓰러졌답니다. 그리고 의식을 차리자마자 벌거벗겨진 당신을 보게 되었지요. 그때야말로

---

* 기독교의 안식일은 일요일이고 유대교의 안식일은 금요일 일몰에서 토요일 일몰까지이다.

공포와 경악과 고통과 절망의 절정이었습니다. 사실대로 말씀드리면 당신의 피부는 불가리아 대장의 피부보다 더 희고 혈색도 아주 좋았어요. 당신을 보자 억눌렸던 온갖 감정들이 더욱 북받쳐 올라 나는 도저히 견디지 못하고 울부짖었어요. '그만해, 이 야만인들아!' 이렇게 말하고 싶었습니다. 하지만 목소리가 나오지 않았어요. 내가 외쳤어도 소용없었을 거예요. 당신이 볼기를 심하게 맞았을 때 '어떻게 이런 일이 있을 수 있단 말인가? 사랑스러운 캉디드와 현자이신 팡글로스가 어떻게 리스본에 있으며 한 사람은 곤장을 백 대 맞고 또 한 사람은 나를 첩으로 거느리는 종교재판장의 명령으로 교수형을 받는 일이 있을 수 있단 말인가? 팡글로스가 모든 것은 세계의 최선을 향해 나아가고 있다고 말했을 때 그는 끔찍하게도 나를 속인 것이구나' 하고 생각했습니다.

흥분하고 혼비백산하여 때로는 정신을 잃었다가 때로는 기진맥진하여 죽을 것 같았는데 머릿속으로 지난 일들이 주마등처럼 스치고 지나갔어요. 아버지, 어머니와 오빠가 학살당한 일하며 무례했던 불가리아 병사, 그자가 나를 칼로 찌른 일, 노예며 요리사 노릇, 불가리아 대장, 약삭빠른 이사샤르, 가증스러운 종교재판장, 팡글로스 박사의 교수형, 당신이 볼기를 맞는 동안 들려오던 〈자비를 베푸소서〉라는 성가, 특히 마지막으로 당신을 보았던 날 병풍 뒤에서 당신과 나누었던 입맞춤이 떠올랐어요. 그 많은 시련을 통해 당신을 내게로 인도하신 하느님께 찬미를 드렸습니다. 내가 노파에게 당신을 돌봐주고 가능한 한 빨리 이리로 데려오라고 시켰는데 그녀가 내 부탁을 아주 잘 들어주었어요. 나는 당신을 다시 보고 당신이 말하는 것을 듣고 당신에게 이런 말을 하게 되어 이루 말할 수 없이 기쁘답니다. 많이 시장하시겠군요. 나도 몹시 배가 고프네요. 저녁부터 먹어요."

두 사람은 이렇게 식탁에 앉았다. 그리고 저녁을 먹은 다음 앞서 말했던 그 근사한 소파에 다시 자리를 잡았다. 그들이 그러고 있을 때 이 집의 또다른 주인인 이사샤르 경이 도착했다. 그날은 안식일이었다. 그는 자신의 권리를 누리고 다정한 사랑을 표현하러 왔던 것이다.

9장
퀴네공드와 캉디드와 종교재판장, 그리고 유대인에게는 무슨 일이 일어났는가

바빌론 유수 이래로 이스라엘에는 화를 잘 내는 사람이 흔해졌는데 이사샤르는 그중에서도 가장 화를 잘 내는 히브리인이었다.

"뭐야! 갈릴리의 개 같은 년, 종교재판장으로는 성이 안 찬단 말이냐, 이 녀석도 나와 나누라는 거야?" 이렇게 말하며 그는 늘 차고 다니는 장검을 뽑아들었다. 그는 상대방이 무기를 가졌으리라고는 생각하지 못하고 캉디드에게 덤벼들었다. 그러나 우리의 착한 베스트팔렌 사람은 노파에게서 옷과 함께 근사한 검도 받았던 것이다. 그는 아주 유순한 심성을 지녔음에도 불구하고 검을 뽑아들었다. 그리고 숨이 끊어져 뻣뻣해진 유대인을 마룻바닥 위, 아름다운 퀴네공드의 발치에 눕혀 놓았다.

"성모님!" 그녀는 소리를 질렀다. "우리는 어떻게 되는 겁니까? 내

집에서 살인이 일어나다니요! 경찰이 오면 우리는 죽습니다."

"팡글로스 선생님이 교수형을 받지 않았더라면" 하고 캉디드가 말했다. "이런 극한 상황에서 우리에게 훌륭한 조언을 해주셨으련만. 그분은 훌륭한 철학자였으니까요. 그분이 안 계시니 노파에게 물어봅시다."

노파는 몹시 신중했다. 그녀가 자기 생각을 말하기 시작했을 때 맞은편의 작은 문이 열렸다. 새벽 한시였다. 일요일이 시작된 것이다. 이날은 종교재판장이 그녀를 차지하는 날이었다. 그가 들어서며 태형을 받은 캉디드와 그의 손에 들린 칼과 바닥 위에 널브러진 주검을 보았다. 퀴네공드는 겁에 질려 있었고 노파는 조언을 하고 있었다.

바로 이 순간 이런 생각이 캉디드의 영혼을 스쳐 지나갔고 그는 앞뒤를 따져보았다.

'이 성직자가 사람을 부르면 나는 꼼짝없이 화형당할 거야. 퀴네공드도 마찬가지일 거고. 이자는 나를 인정사정없이 채찍질하라고 했어. 이 사람은 나의 연적이고, 나는 방금 사람을 죽였어. 이리저리 따져볼 것도 없어.' 추론은 확실하고도 재빨랐다. 종교재판장이 놀라 정신을 차리기도 전에 캉디드는 칼로 그의 몸통을 꿰뚫어버리고 유대인 옆으로 던져버렸다.

"한 사람을 더 죽였으니 이제 사면은 있을 수 없어요. 우리는 파문당했습니다. 마지막 순간이 온 거예요. 그토록 천성이 온순한 당신이 어떻게 눈 깜짝할 사이에 유대인과 성직자를 죽였지요?"

"아름다운 아가씨" 하고 캉디드가 대답했다. "사람이 사랑에 빠져서 질투를 하고 종교재판관에게 매질을 당하면 더는 정신을 못 차리게 된

답니다."

노파가 그제야 말문을 열었다. "마구간에 안달루시아 말이 세 필 있어요. 안장도 있고 고삐도 있습니다. 용감한 캉디드 님이 말을 준비시키고 아가씨는 돈과 다이아몬드를 챙기세요. 빨리 말에 타세요. 저는 겨우 한쪽 엉덩이만 걸치겠지만 카디스*로 갑시다. 그곳은 세상에서 날씨가 가장 좋은 곳입니다. 선선한 밤에 여행하는 건 아주 즐거운 일이지요."

즉시 캉디드는 말 세 필에 안장을 얹었다. 그는 퀴네공드와 노파와 함께 단숨에 50킬로미터를 달렸다. 그들이 멀리 달아나는 동안 포르투갈 경비대가 집에 들이닥쳤다. 사람들은 성직자는 좋은 교회에서 장사를 지내주고 유대인 이사샤르는 쓰레기통에 던져버렸다.

캉디드, 퀴네공드, 노파 이렇게 세 사람은 벌써 시에라 모레나 산맥 중턱에 있는 아바세나라는 조그만 마을에 와 있었다. 그들은 마을의 한 술집에서 이런 이야기를 나누었다.

---

* 스페인의 항구도시.

10장
캉디드와 퀴네공드와 노파는 어떤 곤경을 겪으며 카디스에 와서 배를 타게 되었는가

"도대체 누가 내 돈과 다이아몬드를 훔쳐갔단 말입니까?" 퀴네공드가 울면서 말했다. "우리는 뭐로 살아가죠? 어떻게 해야 하나요? 내게 돈을 줄 다른 유대인이나 재판관을 어디서 구한단 말인가요?"

"아아! 어제 바다호스*에서 우리와 함께 주막에 묵었던 프란체스코회 수사가 수상해. 하느님, 경솔한 판단을 하지 않도록 저를 지켜주소서. 하지만 우리 방에 두 번이나 들어왔고 우리보다 훨씬 앞서서 떠났습니다." 노파가 말했다.

"아아!" 캉디드가 말했다. "훌륭하신 팡글로스 선생님은 지상의 재산은 모든 사람 공동의 소유이고 사람마다 똑같은 권리를 갖는다는 것을

---

* 포르투갈 국경에 인접한 스페인의 항구도시.

가끔 제게 증명해 보이셨습니다. 이 원칙에 따르면 그 수사는 우리가 여행할 수 있는 돈을 좀 남겨놓았을 것입니다. 그런데 당신에게 한 푼도 안 남겼단 말입니까, 나의 아름다운 퀴네공드?"

"한 푼도 없어요." 그녀가 말했다.

"어떻게 하지요?" 캉디드가 말했다.

"말 한 마리를 팔도록 합시다." 노파가 말했다. "제가 아가씨 뒤에, 말 엉덩이에 타겠습니다. 제가 한쪽 엉덩이만 걸칠 수 있으면 어쨌든 다 함께 카디스에 갈 수 있을 거예요."

그들은 같은 주막에 묵고 있던 베네딕트 수도원 원장에게 헐값에 말을 팔았다. 캉디드와 퀴네공드와 노파는 루세나, 치야스, 레브리하를 거쳐 마침내 카디스에 도착했다. 마침 그곳에서는 함대를 조직하는 중이었고 파라과이의 예수회파 신부들과 대적할 병사들을 모집하고 있었다. 예수회파 신부들이 산사크라멘토 시 근처에서 한 부족을 부추겨 포르투갈과 스페인 왕에게 대항하여 봉기하도록 했으므로 그들을 진압하려는 것이었다. 불가리아 군대에서 복역했던 캉디드는 소대장 앞에서 불가리아식으로 시범을 보였다. 너무나 우아하고 민첩하게 그리고 능숙하고 당당하고 유연하게 시범을 보이자 그에게 1개 보병중대의 지휘권이 주어졌다. 그가 대장이 된 것이다. 그는 퀴네공드와 노파, 하인 두 명, 그리고 포르투갈의 종교재판장의 것이었던 안달루시아 말두 필을 데리고 배에 올랐다.

항해하는 동안 그들은 불쌍한 팡글로스의 철학에 대해 많은 것을 논리적으로 따져보았다.

"우리는 다른 세계로 가는 것입니다." 캉디드가 말했다. "그곳은 틀림없이 최선의 세계일 것입니다. 솔직히 말해서 우리들 세상에서는 심신이 괴로운 일들을 겪었으니까요."

"나는 온 마음을 다해 당신을 사랑해요." 퀴네공드가 말했다. "하지만 아직도 내 영혼은 내가 보고 겪은 일 때문에 겁에 질려 있답니다."

"다 잘될 겁니다." 캉디드가 대꾸했다. "이 새로운 세계의 바다는 여기만 해도 벌써 우리 유럽의 바다보다 훨씬 잔잔하고 바람도 고르군요. 가능한 세계 가운데 가장 최선의 세계가 바로 이 새로운 세계임이 분명합니다."

"부디 그대로 이루어지기를." 퀴네공드가 말했다. "하지만 나는 내가 살아온 세계에서 너무나 끔찍한 불행을 겪은 터라 거의 희망이 느껴지지 않아요."

"아아! 두 사람 일은 내가 겪은 불행과는 비교도 안 되는데 그런 신세한탄을 하다니요." 노파가 그들에게 말했다. 퀴네공드는 웃음이 터져나올 지경이었다. 이 착한 노파가 자신보다 더 불행하다고 주장하는 것이 너무 우습다고 생각했던 것이다.

"아아! 할머니, 할머니가 불가리아 병사 두 명에게 겁탈을 당하지 않고, 칼로 배를 두 번 찔리지 않고, 성 두 채가 파괴되지 않고, 눈앞에서 어머니 두 분과 아버지 두 분이 목을 베이지 않고, 사랑하는 사람 두 명이 화형장에서 매질당하는 걸 보지 않은 한 할머니는 나보다 더 불행하다고 할 수 없어요. 게다가 나는 남작 가문의 72대손으로 태어났는데도 식모 노릇을 했습니다." 그녀가 노파에게 말했다.

"아가씨," 노파가 대답했다. "아가씨는 내 신분을 모르시지요. 내 엉덩이를 보여드리면 그렇게 말씀하시지 못할 것이고 누가 더 불행한지

가늠하기 힘들 겁니다." 이 말은 퀴네공드와 캉디드의 무한한 호기심
을 자극했다. 노파는 그들에게 이런 이야기를 해주었다.

11장
노파의 이야기

내 눈이 처음부터 이렇게 짓무르고 벌겠던 것은 아닙니다. 내 코가 처음부터 이렇게 턱까지 내려온 것도 아니고, 내가 처음부터 하녀였던 것도 아니지요. 나는 교황 우르바누스 10세와 팔레스트리나 공주 사이에서 태어난 딸이랍니다.* 열네 살까지 궁전에서 자랐는데 당신네 독일 남작들의 성은 모두 그 궁전의 마구간으로도 쓰이지 못할 겁니다. 내 옷 한 벌이 베스트팔렌의 온갖 사치품을 합한 것보다 더 값나갔지요. 나는 아름답고 우아하고 재주 많은 아가씨로 기쁨과 존경과 희망 속에서 자랐습니다. 이미 사랑을 알고 있었고 가슴도 봉긋해져가고 있었지요. 얼마나 예쁜 가슴이었던지! 희고 단단하고 메디치가의 비너

---

* 우르바누스 10세는 실존인물이 아니며 볼테르는 이름이 알려진 교황에게 사생아가 있다는 오해를 불러일으킬까봐 조심하고 있다.

스 가슴처럼 조각 같았지요. 눈은 또 얼마나 아름답고 눈꺼풀이며 까만 눈썹은 또 얼마나 예뻤던지! 내 두 눈동자가 얼마나 반짝였던지 영지의 시인들은 반짝이는 별들도 내 눈빛 앞에서는 흐리게 보일 정도라고 읊었지요. 옷시중을 들던 부인들은 나를 앞으로 보고 뒤로 보고 하면서 황홀해서 넋을 잃을 정도였고요. 그럴 수만 있다면 모든 남자들이 내 시중을 들고 싶어할 정도였답니다.

나는 마사카라라*의 고귀한 왕자님과 약혼을 했습니다. 너무나 멋진 왕자님이었지요! 나 못지않게 아름다웠고 부드러움과 매력이 넘치고 재치로 빛나고 사랑으로 불타오르던 왕자님이었습니다! 나는 첫사랑을 할 때 누구나 그러하듯이 열정적으로 그를 사랑하고 숭배했습니다. 결혼식이 준비되었지요. 어찌나 화려하고 장엄하던지 정말이지 잊을 수 없을 정도였습니다. 여기저기 축제가 열리고 기마곡예며 오페라 부파**가 이어졌지요. 모든 이탈리아 사람이 나를 위해 시를 지었는데 그중 시시한 것은 단 한 편도 없었답니다. 매 순간이 행복했지요. 그런데 그 무렵 왕자님의 정부였던 늙은 후작 부인이 자기 집에서 코코아를 마시자고 왕자님을 초대했어요. 왕자님은 차를 마시고 두 시간도 안 되어 무서운 발작을 일으키며 죽고 말았답니다. 그러나 그건 아무것도 아니었어요. 우리 어머니는 나보다는 훨씬 덜하다 해도 크게 상심하여 당분간 그 불길한 곳을 떠나 있고 싶어하셨지요. 어머니는 가에타*** 근처에 무척 아름다운 영지를 갖고 계셨거든요. 우리는 로마에 있는 성

---

* 이탈리아 토스카나 지방의 작은 공국.
** 이탈리아어로 쓰인 가벼운 내용의 희가극.
*** 로마 남쪽에 있는 항구도시.

베드로 성당의 제단처럼 금박으로 장식된 갤리선*을 탔습니다. 그런데 우리가 탄 배가 그만 살레**의 해적선에게 습격당한 것입니다. 우리 병사들은 교황의 병사로서 방어했지만 얼마 못 가 모두 무기를 버리고 무릎을 꿇었지요. 그리고 해적들에게 죽음의 순간에 받는 사면을 청했습니다.

해적들은 순식간에 병사들을 원숭이처럼 발가벗겼습니다. 어머니도 마찬가지였고 시녀들과 나도 마찬가지로 벗겼지요. 그 남자들은 감탄스러울 정도로 조심스럽게 우리 옷을 벗겼는데, 더욱 놀랐던 것은 우리 여자들이 보통 관장기만 넣는 그 자리에 손가락을 넣는 것이었습니다. 정말 이상한 의식이었지요. 이렇게 이상히 여기는 것이 바로 자기 나라를 떠나보지 않은 사람들이 다른 모든 것을 판단하는 그런 태도랍니다. 나는 그 행동이 우리가 거기에 다이아몬드를 감추고 있지 않나 확인해보려는 것임을 곧 알아차렸지요. 바다를 항해하는 강대국들 사이에서는 아주 옛날부터 전해오는 관습이었습니다. 몰타의 성직 기사들이 터키 남자와 여자를 붙잡았을 때도 그와 똑같이 했다는 것을 알게 되었지요. 이것이 사람의 권리에 대한 법이고 우리는 결코 그것을 어기는 법이 없답니다.

어머니와 함께 모로코에 노예로 끌려가는 것이 어린 공주에게 얼마나 혹독한 일이었는지는 말하지 않겠습니다. 우리가 해적선에서 당했던 모든 일들은 당신들도 어지간히 알 수 있을 테니까요. 어머니는 아직 무척 아름다우셨고 우리 시녀와 몸종 들 역시 온 아프리카를 뒤져

---

* 양쪽 뱃전에 많은 노가 달린 항해선.
** 모로코에 있는 해항으로 17~18세기 해적의 거점으로 이용되었다.

도 찾아보기 힘들 만큼 매력적이었지요. 나로 말하자면, 나는 매혹적이었어요. 나는 아름다움과 우아함 자체였고 숫처녀였지요. 그러나 그게 오래가지는 않았어요. 마사카라라의 멋진 왕자님을 위해 고이고이 간직해왔건만 그 꽃은 그만 해적 대장에게 짓밟혀버리고 말았습니다. 끔찍한 검둥이였는데 그러고도 내게 영광을 베풀었다고 생각했지요. 팔레스트리나 공주와 나는 모로코에 도착할 때까지 모든 것을 꿋꿋이 견뎌내야만 했습니다. 그러나 그냥 넘어갑시다! 흔한 일이어서 말할 가치조차 없으니까요.

우리가 도착했을 때 모로코는 피바다였습니다. 물레이 이스마일 술탄의 아들 오십 명이 저마다 자기 파벌을 만들었는데, 그것이 실제로 흑인 대 흑인, 황인 대 흑인, 황인 대 황인, 혼혈인 대 혼혈인 등등 오십 번의 내란을 자초했지요. 제국의 영토 곳곳에서 끊임없이 살육이 일어나고 있었습니다.

우리가 배에서 내리기 무섭게 우리 배에 탔던 과격파 해적단의 적군인 과격파 흑인들이 그들의 전리품을 갈취하려 달려들었습니다. 우리는 다이아몬드와 금붙이 다음으로 값나가는 전리품이었지요. 나는 유럽의 풍토에서는 결코 찾아볼 수 없는 그런 전투를 목격했습니다. 북방 민족의 피는 그렇게 끓어오르지 않아요. 아프리카에서는 어디서나 볼 수 있는 여자에 대한 그런 광기가 없지요. 당신들 유럽인의 혈관에 우유가 흐른다면, 아틀라스 산맥과 인근 나라 사람들의 혈관에는 황산이나 불이 흐른답니다. 그들은 누가 우리를 차지할 것인가를 놓고 사자나 호랑이나 독사 들이 화가 났을 때처럼 맹렬히 싸웠어요. 무어인 한 명이 어머니의 오른팔을 붙잡으면 해적 대장의 부관이 어머니의 왼

팔을 붙잡고, 또 무어인 병사 한 명이 한쪽 다리를 잡으면 또다른 해적 한 명이 다른 쪽 다리를 잡았지요. 그때 우리 처녀들은 거의 모두가 이런 식으로 네 명의 병사에게 사지를 붙잡혔습니다. 해적 대장은 나를 자기 등 뒤에 숨겼지요. 손에는 언월도를 쥐고 자신의 광기에 대적하는 사람은 모두 죽였답니다. 결국 우리 이탈리아 여인들과 어머니는 모두 자신들을 놓고 다투는 괴물들에게 사지가 찢기고 잘려 무참히 학살당했습니다. 포로가 된 내 동료들, 그들을 붙잡았던 사람들, 병사, 수부, 흑인, 황인, 백인, 혼혈인, 그리고 마지막으로 해적 대장까지 모두가 죽임을 당했지요. 나는 시체 더미에서 죽어가고 있었습니다. 알다시피 이와 비슷한 광경이 거의 1200킬로미터가 넘는 광활한 지역에서 벌어지고 있었는데, 그 와중에도 그들은 마호메트가 명한 하루 다섯 번의 기도는 빠뜨리지 않았지요.

나는 피를 흘리며 산처럼 쌓인 시체 더미에서 힘들게 빠져나와 근처 개울가의 커다란 오렌지나무 아래로 기어갔습니다. 그리고 놀라움과 피로, 공포와 절망, 배고픔에 그대로 쓰러지고 말았지요. 억눌렸던 그 감정들로 인해 나는 이내 잠이 들었는데 휴식을 취했다기보다는 기절했다는 표현이 맞는 것이었지요. 나는 생사의 기로에서 기진맥진하여 무감각한 상태에 있었는데, 그때 꿈틀대는 무언가가 내 몸을 누르는 것을 느꼈습니다. 눈을 뜨자 혈색 좋은 한 백인 남자가 한숨을 쉬며 이탈리아 말로 이렇게 내뱉더군요. "오, 얼마나 불행한가, 그것 없이 살아야 하다니!"

12장
계속되는 불행한 노파의 이야기

내 나라 말을 들어서 놀랍고 반가운데다 그에 못지않게 이 남자가 하는 말도 놀라워서, 나는 그가 한탄한 것보다 훨씬 더 큰 불행도 있다고 얘기해주었습니다. 그리고 내가 겪은 공포를 몇 마디 말로 일러주고는 다시 지쳐서 쓰러져버렸지요. 그는 근처에 있는 집으로 나를 데려가 침대에 눕히고 먹을 것을 주고 시중을 들고 위로해주고 내 기분을 맞춰주더니, 지금까지 나보다 더 아름다운 사람은 본 적이 없다고 말하더군요. 그리고 이제는 아무도 그에게 돌려줄 수 없는 그것을 잃어버린 일이 일찍이 이처럼 아쉬웠던 적이 없노라고 했습니다.

"나는 나폴리에서 태어났습니다. 그곳에서는 해마다 이삼천 명의 아이들이 거세되지요. 그러다 어떤 아이들은 죽고, 어떤 아이들은 여자보다 더 아름다운 목소리를 얻고, 어떤 아이들은 나랏일을 보게 됩니다. 내 경우에는 거세 수술이 무척 성공적이어서 팔레스트리나 공주의 성에 딸린 소성당의 가수가 되었지요."

"우리 어머니의 성에서 말인가요!" 나는 소리쳤습니다.

"당신 어머니의 성이라니! 뭐라고요! 당신이 내가 여섯 살까지 키웠던 그 어린 공주님이라고요? 일찌감치 지금의 당신만큼 아름다우리라 예감했던 그 공주님 말입니까?" 울면서 그가 소리쳤지요.

"바로 나예요. 우리 어머니는 여기서 사백 보 떨어진 곳에 사지가 찢겨나간 주검으로 시체 더미 속에 있답니다……"

나는 내게 일어났던 모든 일을 그에게 얘기했어요. 그 역시 자신이 겪은 일을 말해주었지요. 나는 어떻게 어느 기독교 세력이 그 사람을 모로코 왕에게 보냈는지 알게 되었습니다. 그 세력은 화약, 대포, 배를 공급한다는 조약을 모로코 왕과 체결하여 또다른 기독교 세력의 상행위를 차단하려는 생각이었지요.

"내 임무는 끝났습니다" 하고 예의바른 고자가 말하더군요. "나는 세우타*에서 배를 타려고 합니다. 내가 당신을 이탈리아로 데려다드리리다. '오, 얼마나 불행한가, 그것 없이 살아야 하다니!'"

나는 감동의 눈물을 흘리며 그에게 고마워했습니다. 그런데 그자는 나를 이탈리아 대신 알제로 데려가더니 그 고장 태수에게 팔아넘겼지요. 팔려간 지 얼마 안 되어 아프리카와 아시아, 유럽에 창궐하던 페스트가 알제에도 무섭게 번지기 시작했습니다. 당신들은 지진을 보았겠지요. 하지만 아가씨, 페스트는 한 번이라도 겪은 적이 있나요?

---

* 모로코 북부의 항구도시로 스페인의 고립 영토.

"한 번도 없어요." 남작의 딸이 대답했다.

만일 그걸 겪었다면 하고 노파는 다시 말을 이었다. 페스트가 지진보다 훨씬 무섭다고 말할 겁니다. 아프리카에서 흔한 병이라 나도 그 병에 걸렸었지요. 열다섯 살짜리 교황의 딸이 석 달 만에 가난해지고 노예가 되어 거의 매일 겁탈을 당하고, 자기 어머니가 사지가 찢겨 죽는 꼴을 보고 배고픔과 전쟁을 겪고, 알제에서 페스트에 걸려 죽어가는 상황이 어떨지 생각해보세요. 그런데도 나는 죽지 않았지요. 하지만 그 고자와 알제의 태수, 알제 궁전의 거의 모든 사람들은 그 병에 걸려 죽었답니다.

이 무시무시한 페스트가 처음 휩쓸고 갔을 때 사람들은 태수의 노예들을 내다팔았어요. 상인 한 사람이 나를 사서 튀니스로 데려갔지요. 그리고 다시 다른 상인에게 팔았고, 그는 또다시 나를 트리폴리에 팔았지요. 나는 트리폴리에서 알렉산드리아로, 알렉산드리아에서 스미르나로, 스미르나에서 콘스탄티노플로 팔려갔습니다. 그러다 마침내 어느 근위보병 장교의 차지가 되었는데, 얼마 지나지 않아 그는 러시아군에 대항해 아조프*를 방어하러 떠나라는 명령을 받았습니다.

그 장교는 대단한 바람둥이여서 자기 하렘의 여자들을 모두 데려가 팔루스 메오티드 산 위의 작은 요새에 머물게 했어요. 거세당한 흑인 남자 두 명과 병사 스무 명이 그곳을 지켰지요. 그들은 러시아인을 엄청나게 죽였고 러시아인도 그만큼 우리를 죽였어요. 아조프는 불바다였고 피바다였어요. 사람들은 어리거나 여자라고 해서 봐주지 않았지

---

* 당시 터키령이었던 흑해에 면한 항구도시. 남하정책을 펴던 러시아에게 여러 차례 공격 당했다.

요. 결국엔 우리가 머물던 작은 요새만 남았는데, 적군은 우리를 굶겨 죽이려 했습니다. 스무 명의 근위보병은 절대로 항복하지 않는다고 맹세를 했어요. 그러나 배고픔이 극에 달하자 맹세를 어기게 될까봐 어쩔 수 없이 거세한 두 명의 남자를 잡아먹기로 했지요. 며칠이 지나자 이번에는 여자들도 잡아먹기로 결정했고요.

그중에 아주 독실하고 동정심 많은 이슬람 사제가 한 명 있었는데, 그가 우리를 완전히 죽이지는 말라고 그들을 설득하는 근사한 설교를 했습니다.

"그저 이 여자들 한 명 한 명에게서 엉덩이 한쪽씩만 자르시오. 맛있는 식사가 될 것입니다. 다시 필요하면 며칠 후에 또 그만큼을 가져갈 수 있지요. 하늘은 그렇게 자비로운 행동의 대가로 여러분을 구원할 것입니다."

그는 뛰어난 웅변가였어요. 병사들을 설득했고 그들은 우리에게 그 끔찍한 수술을 받게 했지요. 이슬람 사제는 막 할례를 마친 아이들에게 하듯 진통제 연고를 우리에게 발라주었지요. 우리 모두 죽을 지경이었답니다.

근위보병들이 우리가 제공한 식사를 막 마치자마자 러시아군이 배를 타고 쳐들어왔고, 그들은 단 한 명도 도망치지 못했습니다. 러시아인들은 우리가 처한 상황은 아랑곳하지도 않았어요. 다만 프랑스인 외과 의사들이 곳곳에 있어서 그중 솜씨 좋은 한 사람이 우리를 돌봐주고 치료해주었습니다. 그리고 상처가 아물어갈 무렵 그가 내게 청혼했던 일은 평생 잊지 못할 겁니다. 게다가 그 사람은 우리 여자들 모두를 위로해주고 포위당한 진영 여러 곳에서 이런 일들이 일어났으며 이것이 전쟁의 법칙이라고 우리를 달래주었지요.

걸음을 뗄 수 있게 되자마자 우리는 모스크바까지 걸어가야 했습니다. 나는 어느 옛 러시아 귀족에게 할당되었는데, 그는 나를 정원 가꾸는 하녀로 삼고 매일 스무 대씩 매질을 했지요. 2년이 지나 그 귀족은 궁정의 모략으로 삼십여 명의 다른 귀족과 함께 거열형에 처해졌고, 나는 그 틈을 이용해 도망쳐나와 러시아 땅을 가로질렀습니다. 오랫동안 리가*의 주막에서 하녀 일을 하다 로스토크, 비스마르, 라이프치히, 카셀, 유트레이트, 라이덴, 헤이그를 지나 로테르담까지 갔지요. 한쪽뿐인 엉덩이로 비참함과 치욕 속에 늙어갔지만 내가 교황의 딸이라는 것은 잊지 않고 살았습니다. 백번도 더 죽으려고 했지만 그래도 여전히 삶을 사랑했지요. 이 어처구니없는 나약함이 우리의 가장 불행한 성향 중 하나인 듯합니다. 언제라도 땅에 내동댕이칠 수 있는 짐을 계속해서 지고 가는 것보다 더 어리석은 일은 없을 테니까요. 자기 존재에 대해 끔찍하게 생각하면서 자기 존재에 집착하는 것보다 더 어리석은 짓이 있을까요? 결국에는 우리를 집어삼킬 뱀을, 그 뱀이 우리 심장을 먹어버릴 때까지 어루만지는 것보다 더 어리석은 짓이 있을까요?

운명에 이끌려 떠돌아다닌 나라들에서, 시중들며 일하던 주막에서 나는 자신의 존재를 저주하는 사람들을 놀랍도록 많이 보았습니다. 그러나 스스로 비참함에 종지부를 찍고 목숨을 끊은 사람은 딱 열두 명밖에 보지 못했지요. 흑인 세 명과 영국인 네 명, 제네바 사람 네 명, 그리고 로베크라는 독일인 교수였습니다. 그러다 마지막으로 유대인인

* 발트 해에 면한 항구도시.

이사샤르 경의 하녀가 된 것이지요. 아름다운 아가씨, 그 사람이 나를 당신 곁에 두어 나는 당신의 운명을 함께하게 되었고 내 일보다도 당신 일에 더욱 관심을 갖게 되었습니다. 아가씨가 내 감정을 조금이라도 건드리지 않았다면, 그리고 배 안에서 지루함을 달래고자 이야기하는 것이 으레 있는 일이 아니었다면, 나는 절대로 내 불행을 입 밖에 내지 않았을 겁니다. 마침내 말입니다, 아가씨, 나는 경험을 얻었고 세상을 알게 되었어요. 재미 삼아 배에 탄 사람들에게 자기 이야기를 한 번 하라고 해보세요. 가끔 자기 인생을 저주하지 않는 사람, 자기가 세상에서 가장 불행하다고 말하지 않는 사람이 단 한 명이라도 있다면 나를 바다에 거꾸로 처넣어도 좋아요.

13장
캉디드는 어쩌다 퀴네공드와
노파와 헤어졌는가

　아름다운 퀴네공드는 노파의 이야기를 듣고 나서 높은 신분과 자격
에 걸맞은 공손함을 갖추어 노파를 대했다. 그녀는 노파의 제안을 받
아들여 배에 탄 사람들 모두에게 한 사람씩 돌아가며 자기가 겪은 일
을 이야기해달라고 했다. 캉디드와 퀴네공드는 노파의 말이 맞다고 인
정했다. "현자이신 팡글로스 선생님이 관습에 어긋나게 화형장에서 교
수형당한 일은 정말 유감스럽습니다. 그분은 대지와 대양을 뒤덮은 육
체적 악과 정신적 악에 대하여 훌륭한 말씀을 해주셨을 텐데 말입니
다. 그러면 나는 그분에게 존경심을 품고 감히 용기를 내어 몇 가지 반
론을 제기했을 텐데 말입니다." 캉디드가 말했다.
　각자 자기 이야기를 하는 동안 배가 앞으로 나아갔다. 그들은 부에
노스아이레스에 다다랐다. 퀴네공드와 캉디드 대장과 노파는 모두 함

께 그곳 총독인 페르난도 디바라 이 피게오라 이 마스카레네스 이 람
푸르도스 이 수사 경의 집으로 갔는데, 그는 그렇게 긴 이름을 가진 사
람에게 어울리는 자부심을 보여주었다. 그는 경멸하듯 도도한 표정을
짓고 콧대를 세우고 사정없이 목소리를 높였으며, 그와 인사하는 사람
이라면 모두 한 대 치고 싶게 만드는 거들먹거리는 어투로 말했다. 그
는 여자라면 사족을 못 쓰는 사람이었다. 그리고 그의 눈에 퀴네공드
는 이제껏 봤던 여인들 가운데 가장 아름다웠다. 그는 다짜고짜 퀴네
공드가 대장의 여자인지 아닌지 물어보았다. 이렇게 질문하는 태도에
캉디드는 바짝 긴장했다. 실제로 퀴네공드가 부인은 아니었으므로 감
히 그녀가 자기 부인이라고 말하지는 못했다. 실제로 누이도 아니었으
므로 감히 그녀가 누이라고도 말하지 못했다. 선의의 거짓말이 예전에
는 고대인들 사이에서 아주 유행했고 오늘날에도 유용할 수 있겠지만,
진실을 속이기에는 그의 영혼이 너무나 순수했다.

"퀴네공드 양은 저와 결혼할 예정입니다." 캉디드가 말했다. "각하께
서 저희 결혼식에 주례로 서주시기를 간청하는 바입니다."

페르난도 디바라 이 피게오라 이 마스카레네스 이 람푸르도스 이 수
사 경은 콧수염을 걷어올리며 씁쓸한 미소를 짓고는 캉디드 대장에게
그의 부대를 점검하러 가라고 명령했다. 캉디드는 그 말에 따랐고 총
독은 퀴네공드와 함께 남았다. 총독은 그녀에게 자신의 열정을 고백하
고 그다음날로 교회 앞에서, 아니면 달리 그녀의 마음에 드는 방식으
로 그녀와 결혼하겠노라고 자신 있게 말했다. 퀴네공드는 생각을 좀
해보고 노파와 상의해서 결심하려 하니 십오 분만 시간을 달라고 부탁
했다.

노파는 퀴네공드에게 말했다. "아가씨, 아가씨는 귀족의 72대손이지만 돈은 한 푼도 없습니다. 남아메리카의 대영주이며 근사한 콧수염을 가진 사람의 부인이 되느냐 마느냐는 아가씨 마음에 달렸어요. 온갖 시련에서 정절을 지켰노라 자랑하는 것이 당신의 몫일까요? 아가씨는 불가리아 병사들에게 겁탈당했고 유대인과 종교재판장도 우아한 당신을 차지했습니다. 잇단 불행은 권리를 주는 법이지요. 솔직히 말해서 내가 아가씨라면 주저할 것도 없이 총독과 결혼하고 캉디드 대장을 출세시킬 겁니다." 연륜과 경험에서 얻은 신중함으로 노파가 말하는 동안, 항구에 작은 배 한 척이 들어오는 것이 보였다. 배에는 스페인 법관 한 명과 스페인 경찰들이 타고 있었다. 사건의 경위는 이러했다.

노파는 퀴네공드와 캉디드와 서둘러 도망쳤을 때 바다호스에서 퀴네공드의 돈과 보석을 훔친 자가 프란체스코회 수사라는 것을 제대로 알아맞혔다. 그 수도사는 보석 몇 개를 보석상에 팔려고 했는데 상인은 그것이 종교재판장 나리의 보석임을 알아보았다. 프란체스코회 수사는 교수형에 처해지기 전에 그것을 훔쳤다고 자백했고, 관련된 사람들이 어떤 사람들이고 그들이 어느 길로 갔는지 말해주었다. 퀴네공드와 캉디드가 도망친 것은 이미 알려진 사실이었다. 사람들은 카디스로 그들을 쫓아갔고 배를 보내 지체 없이 그들을 추격하도록 했다. 배는 벌써 부에노스아이레스 항에 정박해 있었다. 스페인 법관이 배에서 내려 종교재판장 나리의 살해범을 뒤쫓는다는 소문이 퍼졌다. 신중한 노파는 즉각 무엇을 어떻게 해야 할지 파악했다.

"아가씨는 달아날 수 없어요." 노파가 퀴네공드에게 말했다. "하지만 하나도 염려할 것 없습니다. 종교재판장을 죽인 사람은 아가씨가 아니니까요. 게다가 총독이 아가씨에게 빠져 있으니 사람들이 함부로 다루는 걸 그냥 지켜보고만 있지는 않을 거예요. 그냥 여기 있도록 하세요." 노파는 당장 캉디드에게 달려갔다.

"달아나요. 그러지 않으면 한 시간 내로 화형당할 겁니다." 캉디드는 지체할 시간이 없었다. 그러나 어떻게 퀴네공드와 헤어질 수 있으며 어디로 몸을 숨긴단 말인가?

14장
캉디드와 카캄보는 파라과이 예수회 신부들에게 어떻게 영접받았는가

캉디드는 카디스에서 스페인 해안이나 식민지에서 흔히 구할 수 있는 그런 하인 한 명을 데려왔다. 그는 투쿠만*에서 태어난 혼혈아로 사분의 일만 스페인 사람이었다. 이전에는 성가대원, 성당 관리인, 수부, 수도사, 배달부, 군인이었으며 제복을 갖춰 입는 하인 일을 한 적도 있었다. 이름은 카캄보였고, 마음씨 좋은 자기 주인을 몹시도 좋아했다. 그는 최대한 빨리 안달루시아 말 두 필에 안장을 얹었다.

"가시죠, 주인님, 노파의 말을 들으세요. 떠납시다. 그리고 뒤도 보지 말고 달려갑시다." 캉디드는 눈물을 쏟았다.

"오, 내 사랑하는 퀴네공드! 총독이 당신과 결혼하려는 이때 당신을

---

* 안데스 산맥 동쪽 기슭에 있는 아르헨티나의 도시.

버려두고 가야 하다니! 그토록 멀리서 여기까지 왔는데 당신은 어찌되 겠소?"

"그분은 어떻게든 살 겁니다." 카캄보가 말했다. "여자들은 자기 앞 가림은 잘하니까요. 하느님이 살길을 마련해주시겠죠. 자, 뜹시다."

"나를 어디로 데려가려느냐? 어디로 가는 거지? 퀴네공드 없이 우리 가 뭘 하겠느냐?" 캉디드가 말했다.

"콤포스텔라의 성 야고보의 가호로" 하며 카캄보가 말했다. "예수회 파가 벌인 전쟁에 참전해야지요. 그들을 위해 싸우러 갑시다. 제가 길 을 좀 압니다. 제가 주인님을 그들의 왕국으로 데려다드리겠습니다. 그 사람들은 불가리아에서 훈련받은 대장을 얻게 되어 좋을 것이고 주 인님은 벼락출세를 하실 겁니다. 어떤 세상에 자기 자리가 없으면 다 른 세상에서 찾게 되는 법이지요. 새로운 것을 보고 겪는 일은 큰 기쁨 이랍니다."

"그러니까 이미 파라과이에 가봤다는 것이냐?" 캉디드가 말했다.

"사실 그렇습니다!" 카캄보가 말했다. "저는 성모승천 학교의 사환이 었습니다. 카디스 골목을 훤히 알듯이 로스 파드레스* 정부를 잘 알지 요. 정말 감탄할만한 정부랍니다. 왕국의 영토는 직경이 이미 1200킬 로미터가 넘고 서른 개의 지방으로 나뉘어 있습니다. 왕국에서는 로 스 파드레스가 모든 것을 손에 쥐고 있고 국민들은 아무것도 갖지 못 하지요. 정말이지 이성과 정의의 걸작이랍니다. 저는 로스 파드레스만 큼 신성한 사람들을 본 적이 없습니다. 여기서는 스페인 왕과 포르투

---

* 예수회 신부들을 가리킨다.

갈 왕과 전쟁을 벌이면서 유럽에서는 왕들한테 고해성사를 해주지요. 여기서는 스페인 사람들을 죽이면서 마드리드에서는 천국으로 보내주지요. 이 점이 매력적이랍니다. 어서 갑시다. 주인님은 모든 이들 가운데 가장 행복한 사람이 될 것입니다. 불가리아 병사 훈련법을 아는 대장이 자신들에게 온 것을 알면 로스 파드레스가 얼마나 기뻐하겠습니까!"

첫번째 국경 초소에 도착하자마자 카캄보는 전방 보초에게 대장 한 분이 사령관 앞에 드릴 말씀이 있노라고 전했다. 보초는 수비대 본부에 알렸고, 파라과이 장교 하나가 사령관 발치까지 달려가 그 소식을 전했다. 캉디드와 카캄보는 먼저 무장 해제되고 말 두 필을 압수당했다. 두 이방인은 두 줄로 늘어선 병사들 가운데로 안내되었는데, 사령관이 그곳에 서 있었다. 뿔이 셋 달린 모자를 쓰고 긴 옷자락을 걷어붙이고 옆구리에는 칼을 차고 손에는 단창을 쥐고 있었다. 그가 신호를 보내자 즉시 스물네 명의 병사가 새로 온 두 사람을 에워쌌다. 하사 한 사람이 지금은 사령관께서 두 사람과 얘기할 수 없으니 기다려야 한다고 말했다. 그리고 교구장 신부의 명령으로 스페인 사람은 누구라도 교구장 입회하에서만 입을 열 수 있으며 이 나라에서 세 시간 이상은 머물 수 없다고 했다.

"교구장 신부님은 어디 계십니까?" 카캄보가 말했다.

"미사를 집전하신 후에 사열장에 계십니다. 그러니까 당신은 세 시간 뒤에나 그분의 박차에 입맞출 수 있을 겁니다." 하사가 말했다.

"하지만 저나 저희 대장님이나 배가 고파 죽을 지경인데 이분은 스페인 사람이 아니거든요. 독일 사람이지요. 교구장님을 기다리는 동안 우리가 식사를 좀 할 수 있을까요?" 카캄보가 말했다.

하사는 당장 그 말을 사령관에게 전했다. "신이여 축복하소서!" 사령관이 말했다. "그자가 독일인이라면 애기할 수 있다. 그를 정자로 데려오너라." 그들은 울창한 나뭇가지를 엮어 만든 정자로 즉각 캉디드를 데려갔다. 정자는 무척이나 아름다운 초록빛과 금빛의 대리석 기둥에 앵무새, 벌새, 봉조蜂鳥, 뿔닭 등 온갖 희귀한 새들이 든 새장으로 장식되어 있었다. 훌륭한 점심식사가 금빛 식기에 차려졌다. 반면에 파라과이인들은 땡볕 아래 벌판에서 나무 그릇에 담긴 옥수수를 먹었다. 사령관 신부가 정자 안으로 들어왔다.

그는 무척 잘생긴 남자였다. 둥그런 얼굴에 피부는 제법 희고 혈색이 좋았으며, 치켜 올라간 눈썹과 생기 넘치는 눈에 귀는 붉고 입술은 주홍빛이었다. 그리고 스페인 사람이나 예수회 신부와는 또다른 당당함을 지니고 있었다. 그는 안달루시아 말 두 필과 함께 압수했던 무기를 캉디드와 카캄보에게 돌려주었다. 카캄보는 정자 옆에서 행여 말들이 놀랄까봐 눈을 떼지 않고 지켜보면서 말에게 귀리를 먹였다.

캉디드가 우선 사령관의 옷자락에 입을 맞추었고 그러고 나서 그들은 식탁에 앉았다.

"그런데 당신은 독일인인가요?" 예수회 신부가 독일어로 그에게 물었다.

"네, 사령관 신부님." 캉디드가 대답했다. 그들은 독일어로 이야기를 나누는 것이 놀랍기 그지없었고 주체할 수 없는 감동으로 서로를 바라보았다.

"독일 어느 지방 출신이지요?" 예수회 신부가 물었다.

"베스트팔렌이라는 지저분한 지방입니다. 저는 툰더 텐 트론크 성에서 태어났습니다." 캉디드가 답했다.

"오, 하느님! 어떻게 이럴 수 있단 말인가?" 사령관이 외쳤다.

"이런 기적이!" 캉디드가 소리쳤다.

"정말 자넨가?" 사령관이 말했다.

"있을 수 없는 일입니다." 캉디드가 말했다. 두 사람 모두 뒤로 넘어갈 듯이 놀라더니 서로를 부둥켜안았다. 그들은 하염없이 눈물을 쏟았다.

"아아! 사령관님, 바로 당신이, 당신이 아름다운 퀴네공드의 오빠라니요! 불가리아 병사에게 학살당했다더니! 당신이 바로 남작의 아드님이라니! 당신이 파라과이의 예수회 신부라니요! 이 세상은 정말 이상한 곳이에요. 오, 팡글로스! 팡글로스! 선생님이 교수형을 당하지 않았다면 얼마나 기뻐하셨을까요!"

사령관은 천연 크리스털 잔에 마실 것을 내오던 파라과이인들과 흑인 노예들을 물러가게 했다. 그리고 하느님과 이그나티우스 성인에게 수없이 감사드리고 다시 캉디드를 껴안았다. 두 사람의 얼굴은 눈물로 범벅되었다.

"누이인 퀴네공드 양이 배가 갈라져 죽었다고 믿고 계시지요. 멀쩡히 살아 있다고 말씀드리면 더 놀라실 겁니다. 더 감격스러워 정신을 잃으실 겁니다." 캉디드가 말했다.

"어디에 말인가?"

"여기서 가깝습니다. 부에노스아이레스 총독의 관저에 있습니다. 저는 당신이 전쟁을 치를 수 있게 해주려고 온 것입니다." 이 오랜 면담에서 그들이 내뱉는 말 한마디 한마디는 놀라움에 놀라움을 더해갔다. 그들의 영혼은 혀 위에서 퍼덕였고 귓속에서 쫑긋했으며 눈 안에서 반짝거렸다. 그들은 독일인이므로 교구장 신부를 기다리면서 오랫동안 함께 식사를 했다. 그리고 사령관은 사랑하는 캉디드에게 다음과 같이 말했다.

15장
캉디드는 어쩌다
사랑하는 퀴네공드의 오빠를 죽였는가

"나는 아버지 어머니가 살해당하고 누이가 겁탈당하는 것을 본 끔찍한 날을 평생 잊지 못할 걸세. 불가리아 군이 물러갔을 때는 아무도 내 예쁜 누이를 보지 못했다더군. 사람들은 아버지의 성에서 8킬로미터 떨어진 예수회 성당에서 장례를 치른다며 어머니와 아버지와 나, 그리고 하인 둘과 목이 잘린 소년 셋을 수레에 실었다네. 예수회 신부가 우리에게 성수를 뿌렸어. 지독하게 짰는데 성수 몇 방울이 눈에 들어갔지. 신부가 내 눈꺼풀이 미세하게 움직인 것을 알아차렸다네. 그는 내 가슴에 손을 대어보고 심장이 뛰는 것을 느꼈지. 나는 죽었다가 살아났다네. 그리고 3주일이 지나자 언제 그랬냐 싶게 건강해졌네. 사랑하는 캉디드, 자네도 알다시피 내가 예전에 좀 잘생기지 않았나. 나는 신수가 더 훤해졌다네. 그래서 수도원장인 크루스트 신부님이 나를 아주 극진한 애정으로 대해주셨고 내게 수련 수사복을 입혀주셨어. 그때 마침 교구장 신부가 젊은 독일인 신부를 구하고 있었고 나는 얼마 후에 로마로 가게 되었다네. 파라과이 지도부가 스페인 출신 예수회 신부들은 잘 받아들이지 않았고, 더 다루기 쉽다는 이유로 외국인을 선호했거든. 그래서 수도원장 신부는 이 포도밭에 일하러 보내기에는 내가 적격이라고 생각한 걸세.* 폴란드 사람 한 명, 티롤 사람 한 명, 그리고 나 이렇게 세 사람이 떠났지. 파라과이에 도착해서 나는 부제 겸 중위에 임명되었고 지금은 사제이자 소령이라네. 우리는 스페인 왕의 군대와 거침없이 맞서 싸우고 있어. 자네한테 얘기네만 스페인 군대는 패배하고 전멸할 것이야. 구세주께서 자네를 이리로 보내 우리를 도우라 하신 거지. 그런데 내 사랑하는 누이 퀴네공드가 근처 부에노스아이레스 총독 관저에 있다는 것이 사실인가?" 캉디드는 맹세로서 틀림없는 사실임을 확인시켰다. 그들은 또다시 눈물을 흘렸다.

남작은 캉디드를 껴안고 놓을 줄을 몰랐고 그를 내 형제, 내 구원자라고 불렀다. "아! 어쩌면 말이지" 하며 남작이 말을 꺼냈다. "우리 두 사람이 도시를 정복해서 퀴네공드를 다시 데려올 수 있을 걸세."

"그게 바로 제가 바라는 것입니다." 캉디드가 말했다. "이제껏 퀴네공드와 결혼할 생각이었습니다. 지금도 바라고 있습니다."

"자네, 미쳤나!" 남작이 말했다. "귀족의 72대손인 내 누이와 결혼한다니 파렴치하기 짝이 없는 일이야! 감히 그토록 무모한 의도를 말하다니 자네 정말 뻔뻔하군!"

---

* 성경에서 성직자를 포도밭에서 일하는 사람에 비유한 것을 빗댄 말이다.

캉디드는 이 말에 아연실색하여 그에게 대답했다.

"존경하는 신부님, 그 귀족의 후손들은 아무 일도 하지 않았지만 저는 당신의 누이를 유대인과 종교재판장의 품에서 벗어나게 해줬습니다. 퀴네공드는 제게 많은 빚을 졌지요. 그리고 그녀도 저와 결혼하고 싶어합니다. 팡글로스 선생님은 사람은 평등하다고 늘 말씀하셨어요. 틀림없이 저는 그녀와 결혼할 것입니다."

"이게 그 대답이다, 이 무례한 놈." 툰더 텐 트론크 성의 남작인 예수회 신부는 이 말과 동시에 갖고 있던 검의 칼등으로 캉디드의 얼굴을 내리쳤다. 그 순간 캉디드는 칼을 꺼내 남작이자 예수회 신부의 배를 깊숙이 찔렀다. 그러나 곧 뜨거운 피에서 김이 올라오는 칼을 도로 뽑으면서 그는 울기 시작했다.

"아아! 하느님, 제가 옛 주인이며 친구이고 처남이 될 사람을 죽였습니다. 저는 세상에서 가장 불행한 놈입니다. 제가 죽인 사람이 벌써 셋이나 되고 셋 중 둘은 신부로군요."

정자 입구에서 망을 보던 카캄보가 뛰어들어왔다.

"어떻게든 적에게 큰 타격을 입히고 죽는 일만 남았구나." 주인인 캉디드가 그에게 말했다. "틀림없이 누가 올 텐데 손에 무기를 들고 죽어야 한다."

카캄보는 이런 일을 많이 겪었으므로 당황하지 않았다. 그는 남작이 입은 예수회 신부복을 벗겨 캉디드에게 입히고 죽은 자가 쓰고 있던 신부 모자를 주더니 말에 오르라고 했다. 모든 일은 눈 깜짝할 사이에 이루어졌다.

"주인님, 빨리 달아나자고요. 모두 주인님을 명령을 내리러 가는 예수회 신부로 생각할 겁니다. 사람들이 쫓아오기 전에 국경을 넘을 거예요." 카캄보는 이렇게 말하더니 벌써 내달리면서 스페인어로 이렇게 외치는 것이었다.

"비켜라. 사령관 신부님을 위해 길을 비켜라!"

16장
두 여행자가 처녀 둘과 원숭이 두 마리와
오레용 야만족을 만나서 무슨 일이 일어났을까

　캉디드와 그의 하인은 국경을 넘었다. 부대에서는 아직 독일인 신부의 죽음을 아무도 모르고 있었다. 용의주도한 카캉보는 가방에 빵과 초콜릿, 햄, 과일 그리고 포도주 몇 병까지 채워넣었다. 그들은 안달루시아 말을 타고 미지의 나라 깊숙한 곳으로 들어섰는데 도무지 길을 찾을 수가 없었다. 그러다 마침내 눈앞에 개울이 흐르는 아름다운 초원이 펼쳐졌다. 우리 두 여행자는 말에게 풀을 뜯게 했다. 카캉보는 주인에게 먹을 것을 권하고 자기가 먼저 먹어 보였다.

　"어떻게 먹겠느냐?" 캉디드가 말했다. "남작의 아들을 죽이고 이제 살아서 다시는 아름다운 퀴네공드를 보지 못하게 되었는데 어떻게 나더러 햄을 먹으라고 하느냐? 그녀에게서 멀리 떨어져 후회와 절망 속에 비참하게 살아야 하는데 그런 나날을 연장하는 것이 무슨 소용이겠느냐? 〈트레부〉 신문*에서는 뭐라 하겠느냐?"

이렇게 말하면서도 그는 음식을 먹었다. 해가 지고 있었다. 길을 잃은 두 사람은 여자들이 지르는 듯한 작은 비명 소리를 들었다. 두 사람은 그런 것이 고통스러워 내는 소리인지 기뻐서 내는 소리인지 알 수 없었지만, 어쨌든 미지의 나라에서는 모든 것이 불안하고 경계심을 불러일으키는 법이어서 얼른 몸을 일으켰다. 두 처녀가 벌거벗은 채 초원을 따라 가볍게 달리고 있었다. 그리고 원숭이 두 마리가 처녀들의 엉덩이를 물어뜯으며 그들을 쫓아가고 있었다. 캉디드는 불쌍한 생각이 들었다. 그는 불가리아 군대에서 총 쏘는 법을 배운 터라 덤불숲에서 잎사귀를 건드리지 않고 열매를 떨어뜨릴만한 실력이 되었다. 그는 스페인 총으로 두 발을 쏘았다. 방아쇠를 당기자 원숭이 두 마리가 그 자리에서 죽었다.

"사랑하는 카캄보야, 하느님이 도우셨구나! 내가 큰 위험에서 불쌍한 피조물 둘을 구했단다. 종교재판장과 예수회 신부를 죽여 죄를 짓기는 했지만 두 처녀의 목숨을 구했으니 보속을 잘한 셈이다. 아마도 지체 높은 집 아가씨일 테니 이번 일로 이 나라에서 아주 큰 도움을 얻을 수 있을 거야."

그는 말을 계속하려 했지만 두 처녀가 원숭이 두 마리를 다정하게 껴안고 가슴 아프게 울며 눈물을 떨어뜨리는 것을 보고는 그만 혀가 굳어버렸다. "나는 영혼이 저토록 선하리라고는 생각하지 못했단다." 마침내 그가 말했다. 카캄보는 이렇게 대답했다. "여기서 주인님은 참

---

* 1701년 창간된 프랑스 예수회 신문.

으로 엄청난 실수를 하신 겁니다. 주인님이 아가씨들의 애인을 죽인 거라고요."

"애인이라고! 어떻게 그럴 수 있어? 나를 놀리는 거냐, 카캄보. 그걸 어떻게 믿느냐?"

"사랑하는 주인님," 카캄보가 다시 말했다. "여전히 주인님은 온갖 일에 놀라시는군요. 어떤 나라에서는 귀부인들한테 총애받는 원숭이도 있다는 것이 어째서 주인님께는 그렇게도 이상한 일인가요? 제가 사 분의 일 쪽만 스페인 사람인 것처럼 원숭이들도 사람의 몇 분의 일은 되는데 말이지요."

"저런!" 캉디드가 다시 말했다. "팡글로스 선생님이 예전에는 그런 일이 있었다고 말씀하셨던 게 기억나네. 그리스 신화의 목신 판과 사티로스가 그런 혼혈이고 고대의 위대한 인물들이 그들을 목격하기도 했다는 얘기였지. 하지만 나는 그걸 우화라고만 여겨왔어."

"이제는 사실이라는 걸 믿으셔야 합니다." 카캄보가 말했다. "교육을 못 받은 사람들이 어떻게 그럴 수 있는지 보신 거예요. 저는 여자들이 우리에게 무슨 나쁜 짓을 하지나 않을까 걱정되는군요."

이런 심각한 염려에 캉디드는 초원을 떠나 숲속 깊숙이 들어가 저녁을 먹었다. 그리고 두 사람 다 포르투갈의 종교재판장과 부에노스아이레스의 총독과 남작을 저주한 다음에 이끼 위에서 잠이 들었다. 깨어났을 때 그들은 꼼짝도 할 수 없었다. 이유인즉 두 처녀가 마을 원주민인 오레용족에게 그들을 고발했고 오레용족은 간밤에 나무껍질로 만든 줄로 두 사람을 꽁꽁 묶어놓았던 것이다. 벌거벗은 채로 활과 몽둥이와 돌도끼로 무장한 오레용족 오십여 명이 그들을 에워싸고 있었다.

어떤 이들은 커다란 가마솥에 무언가를 끓이고 어떤 이들은 꼬치를 준비하고 있었다. 그리고 모두 이렇게 소리쳤다.

"예수회 신부다. 예수회 신부다! 우리는 이제 원수를 갚았다. 우리는 맛있는 식사를 할 것이다. 예수회 신부를 잡아먹자, 예수회 신부를 잡아먹자!"

"제가 말씀드렸잖습니까, 사랑하는 주인님." 카캄보가 상심하여 말했다. "두 처녀가 우리를 해코지할 거라고요." 캉디드는 가마솥과 꼬치를 보자 소리를 질렀다. "우리를 튀기든지 삶든지 하려는 거야. 아! 팡글로스 선생님이 순수한 본성이 어떤 것인지 본다면 뭐라 하실까? 모든 것이 최선이라, 그렇다 해도 퀴네공드를 잃고 오레용족에게 잡혀 꼬치에 꿰이다니 솔직히 이건 너무 끔찍하다고 말해야겠어." 카캄보는 결코 당황하지 않았다. "조금도 절망하실 필요 없어요. 제가 이 원주민들의 은어를 조금 압니다. 제가 말해보겠어요." 카캄보가 절망에 빠진 캉디드에게 말했다.

"인간을 요리한다는 게 얼마나 잔인하고 비인간적인 행위인지, 그것이 얼마나 기독교 교리에 배치되는지 빠뜨리지 말고 그들에게 설명하게." 캉디드가 말했다.

"여러분," 하고 카캄보가 말했다. "여러분은 오늘 예수회 신부 한 명을 먹기로 작정했습니다. 아주 잘하시는 겁니다. 무엇보다도 적을 이렇게 다루는 것은 온당합니다. 실제로 자연권은 우리에게 우리 이웃을 죽이라고 합니다. 그리하여 세상 어디서나 우리는 그렇게 행동하고 있습니다. 우리가 이웃을 잡아먹는 권리를 행사하지 않는 것은 다른 곳에 무언가 맛있는 먹을거리가 있기 때문입니다. 그러나 여러분은 우리와 똑같은 자원을 갖고 있지 않습니다. 확실히 승리의 열매를 까마귀 떼에게 내주느니 적을 먹어버리는 것이 낫습니다. 그러나 여러분, 여러분은 친구를 먹고 싶지는 않을 겁니다. 여러분은 꼬치에 꿰려는 사람이 예수회 신부라고 믿고 계십니다. 그런데 실상 이 사람은 여러분의 옹호자입니다. 이 사람은 여러분이 구워먹으려고 하는 적의 적입니다. 저로 말하자면, 저는 여러분의 나라에서 태어났고 여러분의 눈앞에 있는 남자는 저의 주인님입니다. 주인님은 예수회 신부이기는커녕 방금 예수회 신부를 죽이고 그의 껍데기를 걸치고 있는 것인데 그것 때문에 여러분이 오해를 했습니다. 제가 여러분에게 하는 말이 사실인지는 이 사람의 옷을 벗겨서 로스 파드레스 왕국 첫번째 초소에 가져가 우리 주인님이 예수회 신부 장교를 죽였는지 아닌지를 알아보면 됩니다. 시간도 별로 걸리지 않을 것입니다. 제가 여러분에게 거짓말을 했다고 생각되면 그때 가서 우리를 잡아먹으십시오. 그러나 제가 여러분에게 진실을 말한 것이라면, 여러분은 공공의 권리와 풍습, 법의 원칙을 너무나 잘 알고 계시니 우리에게 은혜를 베푸실 것입니다."

오레용족은 이 연설이 일리가 있다고 생각했다. 그들은 재빨리 대표 두 사람을 뽑아 사실을 알아보러 초소로 보냈다. 그 둘은 재치 있는 자들이라 그런 심부름을 제대로 수행하고 즉시 좋은 소식을 가지고 돌아왔다. 오레용족은 포로를 풀어주고 그들에게 깍듯이 예의를 갖추었으며 처녀들에게 시중을 들게 하고 시원한 음료를 대접했다. 그러고 나서 국경까지 두 사람을 데려다주고는 기분좋게 소리쳤다. "그는 예수회 신부가 아니야, 그는 예수회 신부가 아니라고!"

캉디드는 자신이 풀려난 일이 아무리 생각해도 감격스러울 뿐이었다. "이런 부족이 있다니! 이런 사람들이 있다니! 무슨 이런 풍습이 있다니! 내가 퀴네공드 오빠의 몸을 긴 칼로 깊이 찌르지 않았더라면 꼼짝없이 잡아먹혔을 거야. 그런데, 어쨌거나 순수한 본성이란 선한 것이로군. 내가 예수회 신부가 아니라는 걸 알자마자 나를 잡아먹지 않고 온갖 예의를 다 갖추었으니 말이야."

17장
캉드드와 그의 하인은
엘도라도에서 무슨 일을 겪었는가

오레용족의 국경에 다다르자 카캄보가 캉드드에게 말했다. "보십시오, 지구의 이쪽이 저쪽보다 낫지도 않다는 걸 아시겠지요. 저를 믿으세요. 가장 빠른 길로 해서 유럽으로 돌아갑시다."

"어떻게 그리로 돌아가느냐?" 캉드드가 말했다. "어디로 가야 하나? 우리나라로 돌아가면 불가리아인과 아바르인이 목을 베어 죽일 테고 포르투갈로 돌아가면 화형당할 것이야. 이 나라에 남으면 매 순간 꼬치에 꿰일 위험을 무릅써야 할 테고. 하지만 어떻게 퀴네공드 양이 있는 이 고장을 떠날 생각을 하겠느냐?"

"카엔* 방향으로 돌아갑시다." 카캄보가 말했다. "거기서 프랑스인들

* 남아메리카 북동부에 있는 프랑스령 기아나의 항구도시.

을 만날 수 있을 거예요. 그 사람들은 전 세계를 돌아다니니까 우리를 도와줄 수 있을 겁니다. 하느님도 우리를 불쌍히 여기실 거예요.”

카옌으로 가는 일은 쉽지 않았다. 대략 어느 쪽으로 가야 하는지는 알았지만 산과 강과 절벽과 산적떼, 야만족들이 도처에서 무시무시한 장애가 되었다. 그들이 탄 말은 지쳐서 죽을 지경이었고 식량도 떨어져가고 있었다. 한 달 내내 야생 열매를 먹으며 연명하다가 마침내 야자나무가 늘어선 조그만 강가에 이르렀는데, 그들의 목숨과 희망을 지탱해준 것은 바로 이 야자나무였다.

카캄보는 언제나 노파처럼 훌륭한 조언을 해주었고 캉디드에게 이렇게 말했다. “더는 못 가겠어요. 너무 많이 걸었어요. 제가 강에서 임자 없는 카누를 봤는데 거기다 야자를 가득 채웁시다. 그리고 그 작은 배에 몸을 싣고 물살에 따라 흘러가는 대로 가자고요. 강물은 언제나 사람이 사는 곳에 이릅니다. 우리가 살만한 곳은 찾지 못한다 해도 적어도 새로운 곳은 찾을 거예요.”

“가자. 신의 섭리에 맡기자꾸나.” 캉디드가 말했다.

그들은 강가를 따라 노를 저어서 수십 킬로미터를 갔다. 꽃이 피었나 하면 황량하기도 하고, 벌판이 펼쳐지는가 하면 절벽이 나오기도 했다. 강폭이 점점 넓어지더니 마침내 하늘을 찌를 듯 솟은 무시무시한 바위 동굴 속으로 강이 사라졌다. 두 여행자는 대담하게 이 바위 천장 아래로 흐르는 물살에 몸을 맡겼다. 그곳에서부터 강은 폭이 좁아지고 물살이 빨라지더니 무서운 소리를 내며 그들을 어딘가로 데려갔다. 스물네 시간이 지나서야 두 사람은 다시 빛을 보게 되었고, 카누는 결국 암초에 부딪혀 부서지고 말았다. 그들은 꼬박 4킬로미터를 이 바위에서 저 바위로 몸을 끌다시피 하며 걸었다. 그러다 마침내 도저히 다가설 수 없는 어마어마한 산들에 에워싸인 드넓은 평원이 나타났다. 그곳은 필요를 위해 농사를 짓는 것만큼이나 기쁨을 위해 농사를 짓는 나라였다. 유용한 것은 모두 어디를 가나 쾌적했다. 길은 마차로 덮여 있다기보다는 마차로 꾸며져 있었는데, 모두 같은 모양새에 빛나는 재질로 만들어진 마차에는 상당히 용모 준수한 남녀들이 타고 있었고, 안달루시아나 메크네스의 가장 훌륭한 준마보다 빨리 달리는 살지고 붉은 양*들이 마차를 끌고 있었다.

"베스트팔렌보다 좋은 나라가 바로 여기 있구나." 캉디드가 말했다. 그는 카캄보와 함께 맨 처음 눈에 띈 마을로 들어섰다. 온통 너덜거리는 금실로 짠 비단옷을 입은 동네 아이 몇몇이 마을 어귀에서 과녁놀이를 하고 있었다. 다른 세상에서 온 두 여행자는 아이들을 재미있게 바라보았다. 아이들이 과녁에 던지는 꽤 커다란 둥근 돌들이 노랑, 빨강, 초록색의 특이한 광채를 내뿜었다. 그 광채에 끌려 여행자들은 그중 몇 개를 집어보았다. 그것은 금, 에메랄드, 루비 같은 보석들이었다. 거기서 제일 작은 것도 무굴 제국의 가장 커다란 왕관을 장식할만 했다. "과녁놀이를 하는 이 아이들은 틀림없이 이 나라 왕자들일 거예요." 카캄보가 말했다. 그때 아이들을 학교로 데려가려고 마을의 교사가 나타났다.

"저 사람이 바로 왕실의 가정교사로구나." 캉디드가 말했다.

아이들은 즉시 과녁돌과 장난감들을 모두 땅바닥에 버린 채 놀이를

---

* 라마를 가리킨다.

그만두고 자리를 떴다. 캉디드는 그것들을 주워서 가정교사에게 뛰어가 왕실 자제들이 그들의 금과 보석을 두고 갔다는 것을 알아듣게 손짓 발짓으로 설명해가며 공손하게 보석을 내놓았다. 그러자 마을의 교사는 미소를 지으며 보석들을 땅에 던졌고 다음에는 크게 놀란 표정으로 잠시 캉디드를 바라보더니 가던 길을 그냥 가는 것이었다.

여행자들은 이때를 놓치지 않고 금과 루비와 에메랄드를 주웠다.

"여기가 어딘가? 금과 보석을 우습게 보도록 가르치다니 이 나라 왕자들은 교육을 잘 받는 것이 틀림없구나." 캉디드가 소리를 질렀다. 카캄보 역시 캉디드만큼이나 놀랐다. 마침내 그들은 마을의 첫번째 집에 이르렀는데 마치 유럽의 궁전 같았다. 한 무리의 사람들이 문 앞에서 북적였고 본채에는 더 많은 사람들이 있었다. 어디선가 감미로운 음악이 들려왔고 주방에서는 맛있는 냄새가 풍겨왔다. 카캄보는 문으로 다가가서 사람들이 페루어로 말하는 것을 들었다. 페루어는 그의 모국어였다. 모두 알다시피 실제로 카캄보는 페루어밖에 모르는 투쿠만 마을에서 태어났던 것이다.

"제가 통역해드릴 테니 안으로 들어갑시다. 여기는 주막이에요." 카캄보가 말했다. 금실로 짠 옷을 걸치고 리본으로 머리를 묶은 소년 두 명과 소녀 두 명의 종업원이 두 사람에게 식탁에 앉기를 권했다. 그리고 한 사람 앞에 수프 네 종류와 앵무새 두 마리, 백 킬로그램은 나갈 삶은 독수리 한 마리, 맛좋게 구운 원숭이 두 마리, 삼백 마리의 벌새와 육백 마리의 참새가 접시에 담겨 나왔다. 아주 맛깔스러운 스튜와 달콤한 케이크도 등장했다. 모든 요리는 천연 크리스털 접시에 담겼으며 주막의 소년소녀들이 사탕수수로 빚은 갖은 종류의 술을 따라주었다.

함께 식사하는 사람들 대부분은 상인과 마부 들이었다. 모두가 더할 나위없이 정중했고 몹시 신중하고 조심스럽게 카캄보에게 몇 가지 질문을 던졌으며, 카캄보가 질문하면 만족할 만큼 대답해주었다.

식사가 끝나자 캉디드와 카캄보는 자신들이 주웠던 두 개의 커다란 금덩이를 주막 테이블에 던져놓으며 그 정도면 식사 값으로 충분하리라 생각했다. 그런데 주인 부부가 웃음을 터트리더니 한참 동안 배를 잡고 웃는 것이었다. 마침내 그들이 정신을 차리고 말했다. "선생님들이 외국 분이란 걸 잘 알겠네요. 저희는 외국인들을 자주 만나지 못하거든요. 큰길에서 주운 돌멩이를 식대로 내는 것을 보고 크게 웃은 저희를 용서해주십시오. 보나마나 우리나라 화폐는 없으시겠지요. 하지만 여기서 식사를 하는 데 돈은 필요 없습니다. 상행위의 편의를 위해 지은 주막들은 정부에서 다 비용을 대니까요. 선생님들은 여기서 제대로 대접받은 게 아니랍니다. 여기는 가난한 마을이거든요. 하지만 다른 곳에 가시면 어디서나 두 분에게 걸맞은 융숭한 대접을 받으실 겁니다."

카캄보가 주인에게 들은 이야기를 모두 캉디드에게 설명해주었다. 캉디드는 이제는 동료가 된 카캄보와 똑같이 감탄하고 당혹감을 느끼며 그 말을 들었다. "도대체 이 나라는 어떤 나라지?" 그들은 서로 말을 주고받았다. "지구상의 다른 나라에는 알려진 바 없고 본성 자체가 우리와는 이토록 다른 이 나라는 도대체 어떤 곳이지? 아마도 여기가 모든 것이 최선인 나라일 거야. 이런 유의 나라가 절대적으로 존재해야 하거든. 팡글로스 선생님이 뭐라 말씀하셨든 간에, 베스트팔렌에서는 모든 것이 잘못 돌아가고 있는 걸 나는 여러 번 봤으니까 말이야."

18장
그들은 엘도라도에서 무엇을 보았는가

카캄보는 주막 주인에게 궁금한 것을 전부 물어보았다. 주막 주인이
말했다.

"나는 아주 무식하지만 그 점을 오히려 편하게 생각한답니다. 이곳
에서 궁정에서 은퇴한 노인 한 분을 모시고 있는데요, 이 왕국에서 가
장 박식하고 또 가장 대화가 잘 통하는 분입니다." 이렇게 말하고는 곧
바로 카캄보를 노인의 집으로 데리고 갔다. 이제 이인자에 지나지 않
는 캉디드는 자기 하인을 따라갔다. 그들은 아주 단순하게 지어진 집
안으로 들어섰다. 문은 온통 은이고 벽은 온통 금이었다. 아무리 호사
스러운 벽도 그 안목을 따라갈 수 없을 정도로 대단한 심미안을 가지
고 만들어진 것이었다. 응접실은 루비와 에메랄드만으로 꾸며져 있었
는데 모두 잘 배치되어서 그 질서정연함은 극도의 단순함을 더욱 돋보

이게 해주었다.

노인은 두 외국인을 맞아들여 깃털로 속을 채운 소파에 앉으라고 권하고는 그들 앞에 다이아몬드 병에 담긴 술을 내놓았다. 그런 후에 노인은 그들의 호기심을 이렇게 충족시켜주었다.

"나는 백일흔두 살이오. 아버지는 왕의 시종이었소. 나는 아버지에게 당신이 목격하신 놀라운 페루 혁명에 대해 전해 들었소. 우리가 살고 있는 이 나라는 옛 잉카의 왕국인데 세계의 일부를 정복하겠다며 경솔하게 출정했다가 결국 스페인군에게 점령당했다오. 고향에 남아 있던 왕자들이 더 현명했던 것이지요. 그들은 국민의 동의를 얻어 아무도 이 작은 왕국을 떠날 수 없다는 명령을 내렸소. 그것이 바로 우리의 순진무구함과 행복을 지켜갈 수 있었던 이유라오. 이 나라에 대해 어렴풋이 알고 있던 스페인 사람들은 이곳을 엘도라도라고 불렀다오. 영국의 롤리 경이 한 백 년 전에 이곳 가까이까지 온 적이 있었소. 우리는 쉽게 넘을 수 없는 바위와 절벽으로 둘러싸여 있기 때문에 지금까지 유럽 국가들의 탐욕을 피해 안전하게 지낼 수 있었다오. 그들은 우리 땅의 돌멩이와 진흙을 얻기 위해서라면 도저히 상상도 할 수 없는 광기를 부리지요. 그걸 얻기 위해서라면 최후의 한 명도 남기지 않고 우리 모두를 죽일지도 몰라요."

그들의 긴 대화는 정부의 형태와 풍습, 여인들, 더 나아가 대중 공연과 예술로까지 이어졌다. 언제나 형이상학에 큰 관심을 보이는 캉디드가 마침내 카캄보에게 이 나라에도 종교가 있는지 물어보도록 했다.

노인은 약간 얼굴을 붉혔다. "어떻게 그걸 의심할 수가 있소? 우리를 은혜도 모르는 사람들로 생각하오?" 카캄보는 엘도라도의 종교는 어떤 것인지 공손히 물어보았다. 노인은 또다시 얼굴을 붉혔다. "두 개의 종교가 존재할 수 있단 말이오? 나는 우리가 모든 사람들이 믿는 종교를 가졌다고 생각하고 있소. 우리는 저녁부터 아침까지 신에게 경배를 드린다오."

"당신들은 유일신을 경배하나요?" 카캄보가 물었다. 그는 여전히 캉디드가 궁금해하는 것을 통역해서 물어보았다.

"물론이오." 노인이 말했다. "둘도 아니고 셋도 아니고 넷도 아니니까. 솔직히 말해서 당신네 세계 사람들은 참 이상한 질문만 하는군."

캉디드는 지치지도 않고 카캄보를 시켜 이 친절한 노인에게 계속 질문을 했다. 그는 엘도라도에서는 어떻게 신에게 기도하는지 알고 싶어 했다. "우리는 절대 신에게 기도하지 않소. 신에게 요구할 게 아무것도 없다오. 신이 우리에게 필요한 모든 것을 주었으니까 말이오. 우리는 그것을 신에게 끝없이 감사드리지요." 선량하고 존경스러운 노인은 이렇게 말했다. 캉디드는 사제들을 보고 싶어서 카캄보에게 사제들이 어디에 있는지 물어보게 했다. 친절한 노인이 미소를 지었다.

"친구 양반들," 하며 그가 말했다. "우리 모두가 사제라오. 왕과 가장들 모두가 매일 아침마다 우아한 몸짓으로 장엄하게 찬가를 부른다오. 오륙천 명의 음악가들이 그들을 따라하지요."

"뭐라고요! 가르치고 논쟁하고 통치하고 음모를 꾸미고 자신과 의견이 다른 사람들을 화형에 처하는 수도자들이 없다는 말씀인가요?"

"우리가 미치광이가 된다면 모를까, 이곳에서 우리는 모두 같은 생각을 가지고 있소. 당신이 당신네 수도자들에 대해 무슨 얘기를 하고 싶은 건지 잘 모르겠군요." 캉디드는 이 모든 이야기를 듣고 황홀한 기분에 혼잣말을 했다.

"여기는 베스트팔렌 지방이나 남작의 성과는 정말이지 다르구나. 우리 친구 팡글로스 선생님이 엘도라도를 보셨다면 더는 툰더 텐 트론크 성이 이 지상에서 최선의 세상이라고는 말하지 못했을 거야. 확실히 여행을 할 필요가 있어."

이렇게 오래 대화를 나눈 후에 친절한 노인은 마차 한 대를 여섯 마리 양에게 매게 하고 자기 하인 열두 명을 여행자에게 붙여주며 궁정까지 그들을 안내하도록 했다.

"내가 나이가 많아 당신들을 배웅하지 못하는 걸 양해해주시오." 노인이 말했다. "왕께서 당신들을 섭섭지 않게 대접할 것이오. 마음에 들지 않는 일들이 더러 있더라도 이 나라의 관습이려니 하고 용서하시오."

캉디드와 카캄보는 마차에 올랐다. 여섯 마리 양이 날다시피 쏜살같이 달렸다. 네 시간도 못 되어 그들은 수도 끝자락에 있는 왕궁에 도착했다. 왕궁의 문은 높이가 66미터에 너비가 족히 30미터는 되어 보였는데 그 재질이 어떻다고는 뭐라 표현하기 힘들었다. 하지만 우리가 금은보화라고 부르는 그 돌멩이와 모래보다는 훨씬 좋은 것임을 알 수 있었다.

시중을 드는 스무 명의 아름다운 처녀들이 마차에서 내리는 캉디드와 카캄보를 영접하여 목욕탕으로 안내한 다음 깃털로 만든 옷을 입혀주었다. 그런 후에 관례에 따라 왕실의 남녀 고관들이 천 명의 악사가 양쪽으로 도열해 있는 한가운데를 지나 그들을 왕의 거처로 데리고 갔다. 옥좌가 있는 방 가까이 갔을 때 카캄보는 고관 한 명에게 왕에게 인사할 때는 어떻게 해야 하는지, 무릎을 꿇는지 아니면 바닥에 엎드리는지, 손을 머리에 얹는지 아니면 뒤로 가져가는지, 방의 먼지를 핥는 것인지 아닌지, 한마디로 그 의식이 어떠한지를 물었다.

"관례라 하면 왕을 껴안고 양 볼에 입을 맞추는 것입니다." 관리가 말했다. 캉디드와 카캄보는 왕의 목까지 뛰어오르다시피 해 그를 껴안았고 왕은 이루 말할 수 없이 우아하게 그들을 맞이하였으며 공손하게 저녁식사를 청했다.

식사 때까지 그들은 도시를 구경하기 시작했다. 구름까지 솟은 높다란 공공건물과 수많은 기둥으로 장식된 시장 들, 그리고 맑은 물이 솟는 샘, 분홍색 물이 솟는 샘, 사탕수수액이 솟는 샘이 있었는데, 그 샘물은 계피와 정향 같은 냄새를 풍기는 보석처럼 보이는 것이 깔린 대광장으로 쉴새없이 흘러들고 있었다. 광장에서 캉디드는 법원과 의회를 보고 싶다고 말했다. 그러자 사람들은 그런 것은 없다고 했다. 그들은 절대로 소송을 하지 않는다는 것이었다. 감옥이 있느냐고 묻자 없다고 했다. 캉디드가 그보다 더 놀라고 가장 큰 기쁨을 느낀 것은 길이가 600미터나 되는 회랑에 수학과 물리학 도구가 가득 들어찬 과학관을 보았을 때였다.

저녁식사를 마치고 밤늦게까지 여기저기 도시의 약 천 분의 일을 돌아다닌 다음 그들은 다시 안내를 받아 왕궁으로 돌아왔다. 캉디드는 왕과 자신의 하인인 카캄보와 여러 귀부인들 사이에 자리를 잡았다. 이보다 더 귀한 식탁은 없었고 식탁 앞에서 왕보다 더 재치 있는 재담가는 없었다. 카캄보는 왕의 재담을 캉디드에게 설명해주었다. 통역을 통해서 들어도 재담은 여전히 재담이었다. 캉디드를 놀라게 만든 것

중에는 왕의 재치 있는 언변도 한몫하고 있었다.

그들은 이곳에서 한 달을 보냈다. 그동안 캉디드는 카캄보에게 끊임없이 이렇게 말했다. "이것 봐, 한 번 더 말하지만 내가 태어난 성이 이곳보다 못한 건 사실이야. 하지만 결국 퀴네공드가 없지 않으냐? 너도 보나마나 유럽에 애인 몇 명은 있을 테지. 우리가 여기 머문다면 저들처럼 될 것이야. 그런데 그러지 않고 엘도라도의 돌멩이를 열두 마리 양에 싣고 우리나라로 돌아가기만 한다면, 왕들의 재산을 모두 합해놓은 것보다도 더 많은 부를 가질 수 있단 말이지. 우리가 두려워할 종교 재판관도 없을 것이고 손쉽게 퀴네공드를 되찾을 수 있을 거야."

이 말이 카캄보의 마음에 들었다. 사람이란 원래 돌아다니는 것을 좋아하고 주변 사람들 속에서 자기 가치를 세우기를 좋아하고 자기가 여행하면서 본 것을 자랑하고 싶어하는 법이다. 그래서 행복한 두 사람은 더이상의 행복을 마다하고 왕에게 작별을 고하기로 했다.

"당신들은 바보짓을 하는 겁니다." 왕이 그들에게 말했다. "우리나라가 보잘것없다는 것은 잘 알고 있습니다만 어떤 곳이든 그럭저럭 지낼 만하다면 그곳에 머물러야 합니다. 내게 이방인을 붙잡아둘 권리는 없습니다. 그런 것은 우리 풍습에도 없고 법에도 없는 횡포니까요. 모든 인간은 자유롭습니다. 떠나고 싶을 때 떠나십시오. 그러나 이곳에서 빠져나가기는 아주 어려울 겁니다. 당신들은 기적처럼 그 강물을 따라왔지만 천장 같은 바위에 뒤덮인 그 아래를 흘러가는 빠른 강물을 거슬러가는 일은 불가능합니다. 우리 왕국을 에워싼 산들은 높이가 3킬로미터나 되고 마치 벽처럼 수직으로 가파릅니다. 하지만 산마다 폭이 40킬로미터에 이르니 절벽을 타고 내려가는 수밖에 없습니다. 그래도 당신들이 반드시 떠나겠다고 한다면 편안히 갈 수 있게 기술자들에게 명령해 기구 하나를 만들라 하겠습니다. 당신들을 산 너머까지 안내하고 나면 아무도 당신들과 함께 갈 수 없습니다. 내 신하들은 절대로 자신들이 태어난 나라를 떠나지 않기로 맹세한데다 맹세를 깨기에는 그들이 너무나 현명하거든요. 마음에 드는 것이 있다면 무엇이든 내게 부탁하십시오."

"우리는 식량과 이 나라의 돌멩이와 진흙을 실은 양 몇 마리만 있으면 됩니다, 폐하." 카캄보가 말했다. 왕이 웃었다. "우리나라의 노란 진흙을 그토록 좋아하는 당신네 유럽인의 취향을 이해할 수 없어요. 하지만 원하는 만큼 얼마든지 가져가십시오. 행운이 있기를."

그는 그 자리에서 기술자들에게 이 두 특별한 손님을 왕국 밖으로 실어갈 기구를 만들라고 지시했다. 삼천 명의 훌륭한 물리학자들이 연구에 착수하여 십오 일 만에 기구를 완성했는데, 기구를 만드는 데 이 나라 돈으로 이천만 파운드 이상 들지는 않았다. 사람들이 캉디드와 카캄보를 기구에 태웠고 안장을 채운 커다란 붉은 양 두 마리도 태웠다. 그 밖에 산을 넘을 스무 마리 양에는 식량을 싣고 서른 마리 양에는 이 나라에서 가장 진귀한 물건들을 실었으며 쉰 마리 양에는 금과 보석, 다이아몬드를 실었다. 왕은 두 여행자를 다정하게 껴안았다.

그들이 출발하는 광경은 대단한 볼거리였다. 두 사람과 양들은 기발한 방식으로 산꼭대기로 운반되었다. 물리학자들은 그들을 안전하게 데려다준 다음 작별인사를 했다. 캉디드는 자신의 양을 퀴네공드에게 선물하겠다는 것 말고는 다른 욕망도 목적도 없었다.

"만약 퀴네공드의 몸값을 치러야 한다면 부에노스아이레스 총독에게 그만큼을 줄 수 있을 거야. 카옌 쪽으로 가서 배를 타자고. 그러면 우리가 어떤 왕국을 살 수 있는지 알게 되겠지."

19장
수리남에서는 무슨 일이 일어났으며
캉디드는 어떻게 마르틴을 만났는가

두 여행자는 첫날을 꽤 유쾌하게 보냈다. 그들은 아시아, 유럽, 아프리카의 보물을 모아놓은 것보다 더 많은 보물을 가졌다는 생각에 한껏 고무되어 있었다. 캉디드는 기쁨에 겨워 나무에 퀴네공드의 이름을 새겼다. 둘째 날에는 양 두 마리가 늪에 빠져서 실었던 짐과 함께 늪 속으로 잠겨버렸다. 며칠이 지나자 다른 양 두 마리도 지쳐 죽어버렸고 이어서 사막에서 일고여덟 마리가 굶주려 죽더니 며칠 후 남은 양 대부분도 절벽에서 떨어져 죽고 말았다. 결국 행군을 시작한 지 백일이 지나자 양이 두 마리밖에 남지 않았다. 캉디드가 카캄보에게 말했다.

"이것 봐, 이 세상의 부라는 것이 얼마나 사라지기 쉬운지 보았느냐. 퀴네공드를 다시 만난다는 행복과 덕행을 빼놓고는 견고한 것이라고는 아무것도 없구나."

"맞습니다." 카캄보가 말했다. "그래도 아직 우리에겐 스페인 왕도 절대 못 가져봤을 많은 보물을 실은 양이 두 마리 남아 있어요. 네덜란드령 수리남인 듯한 도시가 멀리 보이네요. 이제 고생 끝, 행복 시작입니다."

마을 가까이 다가가는 동안 그들은 옷을 반만 걸친, 그러니까 파란 천으로 된 속바지 하나만 입고 땅에 누워 있는 흑인 한 명을 만났다. 이 불쌍한 남자는 왼쪽 다리와 오른쪽 손이 없었다. "저런! 맙소사!" 캉디드가 네덜란드 말로 말했다. "이보시오, 그런 끔찍한 몰골로 거기서 뭐 하는 거요?"

"저의 주인이신 유명한 상인 반데르덴두르 님을 기다리고 있습죠." 흑인이 대답했다.

"당신을 이 꼴로 만든 자가 반데르덴두르라고 하오?" 캉디드가 말했다.

"네, 나리." 흑인이 말했다. "다들 그렇게 합니다. 그분들은 옷이라고는 일 년에 두 번, 거칠게 짠 속바지 하나를 줄 뿐입니다. 우리가 설탕 공장에서 일하다 맷돌에 손가락이 끼면 손을 잘라버리고, 우리가 달아나려고 하면 다리를 잘라버리지요. 저는 이 두 경우를 다 겪었답니다. 그 대가로 유럽 사람들이 설탕을 먹는 것입니다. 그러나 우리 어머니는 기니 해안에서 나를 은화 열 냥에 팔아넘기면서 이렇게 말씀하셨지요. '사랑하는 아들아, 우리의 우상들께 감사해라. 언제나 그들을 경배해라. 그분들이 너를 행복하게 해주실 게다. 너는 우리 주인이신 백인들의 노예가 되는 영광을 가졌으니, 그로써 네 아비와 어미도 행복하

134

게 해준 거란다.' 아아! 내가 부모님에게 복을 가져다주었는지 어쩐지
는 잘 모르겠지만 그것이 내 행복은 아니었습니다. 개나 원숭이, 앵무
새도 우리보다 백배는 덜 불행합니다. 나를 개종시킨 네덜란드의 우상
은 일요일마다 내게 말하지요. 백인이건 흑인이건 우리는 모두 아담의
자손이라고요. 저는 족보를 따지는 사람은 아닙니다만 이런 설교 말씀
이 사실이라면 우리는 모두 게르만 출신의 사촌이잖습니까. 그런데 당
신도 인정하겠지만 이보다 더 끔찍하게 자기 친척을 부려먹을 수는 없
는 겁니다."

"오, 팡글로스!" 캉디드가 소리쳤다. "이런 끔찍한 일을 당신은 예측
하지 못하셨습니다. 이렇게 되었으니 결국 나는 당신이 말씀하셨던 낙
관주의를 포기할 수밖에 없군요."

"낙관주의가 뭔데요?" 카캄보가 말했다.

"아아! 그건 나쁠 때도 모든 것이 최선이라고 우기는 광기야." 캉디
드가 말했다. 그는 흑인을 바라보며 펑펑 울면서 수리남에 발을 들여
놓았다.

그들이 그곳에서 알게 된 첫번째 사실은 자신들을 부에노스아이레
스까지 실어다줄 배가 항구에 없으리라는 것이었다. 마침 두 사람이
말을 건 사람은 스페인 선장이었는데 그는 신사적인 거래를 하자고 나
섰다. 선장은 그들에게 술집에서 만나자고 했다. 캉디드와 충직한 카
캄보는 두 마리 양을 끌고 술집에 가서 그를 기다렸다.

속마음을 숨기지 못하는 캉디드는 스페인 선장에게 그들이 겪었던
모든 일을 얘기하고 거기서 퀴네공드를 빼내오고 싶다고 털어놓았다.

"몸조심하려면 당신을 부에노스아이레스로 데려다주지 말아야겠

소." 선장이 말했다. "나도 당신도 교수형당할 거요. 아름다운 퀴네공드는 총독의 총애를 받는 정부란 말입니다." 이 말은 캉디드에게는 청천벽력이었다. 캉디드는 한참을 울었다. 그리고 마침내 카캄보를 따로 불러 "이봐, 사랑하는 친구" 하고 말했다. "네가 해줄 일이 있구나. 우리 각자 주머니에 오륙백만 피아스터 값이 나가는 다이아몬드가 있지 않느냐, 네가 나보다 재주가 더 뛰어나니까 부에노스아이레스로 퀴네공드를 데리러 가려무나. 총독이 곤란하게 굴면 백만 피아스터를 주고 그래도 포기하지 않으면 이백만 피아스터를 줘. 너는 종교재판장을 죽이지 않았으니 아무도 너를 의심하지 않을 거다. 나는 다른 배를 타고 베네치아에 가서 기다리겠어. 거기는 불가리아인도 아바르인도 유대인도 종교재판장도 겁낼 필요 없는 자유로운 나라니까 말이야."

카캄보는 이 현명한 결정에 박수를 쳤지만 이제 허물없는 친구가 된 착한 주인과 헤어지는 일이 암담하게 느껴졌다. 그러나 그에게 유익한 사람이 된다는 기쁨이 그를 떠나는 고통을 이기게 해주었다. 두 사람은 눈물을 흘리며 부둥켜안았다. 캉디드는 절대 잊지 말고 착한 노파도 함께 데려오라고 부탁했고 바로 그날로 카캄보는 출발했다. 카캄보는 정말 선량한 사람이었다.

캉디드는 얼마 동안 더 수리남에 머물며 남은 양 두 마리를 끌고 그를 이탈리아로 데려다줄 다른 선장을 알아보았다. 그리고 하인들을 구하고 긴 여행 동안 필요한 모든 물품을 구입했다. 마침내 큰 배의 선주인 반데르덴두르 씨가 와서 자신을 소개했다. "나와 하인들, 내 짐 그리고 저기 있는 양 두 마리를 베네치아까지 곧바로 데려다주는 데 얼마면 되겠소?" 캉디드가 물었다. 선주는 만 피아스터를 요구했고 캉디드는 주저하지 않았다.

"오! 오!" 신중한 반데르덴두르는 저만치 떨어져서 혼자 생각했다. '이 외국인이 대뜸 만 피아스터를 낸다고 했겠다! 분명 돈이 아주 많을 거야.' 그러더니 잠시 후 돌아와서 적어도 이만 피아스터를 내지 않으면 떠날 수 없다고 했다.

"그러면 그렇게 하지요." 캉디드가 말했다.

"와! 이 남자는 만 피아스터나 이만 피아스터나 손쉽게 내는군." 상인은 나지막이 중얼거렸다. 그러고는 다시 와서 적어도 삼만 피아스터가 아니면 베네치아까지 데려다줄 수 없다고 했다.

"그러면 삼만 피아스터로 하지요." 캉디드가 말했다.

"오! 오!" 또다시 네덜란드인 상인은 중얼거렸다. "이 남자에겐 삼만 피아스터도 별 게 아니군. 양 두 마리가 무진장한 보물을 싣고 있음에 틀림없어. 더이상 요구하지 말고 일단 삼만 피아스터를 내라고 해야지. 그런 다음에 두고 보면 돼." 캉디드는 조그만 다이아몬드 두 개를 팔았는데 그중 작은 것 하나로도 선장이 요구한 돈보다 더 높은 값을 받았다. 그는 선장에게 선불로 돈을 치르고 양 두 마리를 배에 태웠다. 그리고 정박중이던 큰 배로 갈아타기 위해 조그만 배를 타고 따라갔는데, 선장은 이 틈을 타서 닻을 올리고 배를 출발시켜버렸다. 바람이 불어 배가 유유히 떠나갔다. 캉디드가 깜짝 놀라 당황하는 사이에 배는 벌써 시야에서 사라져버렸다.

"아이고!" 캉디드가 소리쳤다. "이게 바로 구세계에만 있는 속임수로구나." 그는 고통의 나락으로 굴러떨어진 채 항구로 되돌아왔다. 결국 군주 스무 명의 재산과 맞먹을 재산을 잃어버린 것이었다.

캉디드는 네덜란드인 판사를 찾아갔다. 정신이 얼마간 나간 상태였는지라 문을 거칠게 두드리고 들어가서는 자초지종을 말하고 처지에 어울리지 않게 큰 소리로 울부짖었다. 판사는 그가 소란을 피웠으니 우선 만 피아스터를 내라고 서두를 뗀 다음 참을성 있게 그의 말을 들어주더니, 상인이 돌아오면 즉시 사건을 조사하겠노라 약속한 후 말을 들어준 값으로 만 피아스터를 더 내라고 했다.

이 일로 캉디드는 완전히 절망하고 말았다. 사실대로 얘기하자면 이미 더 지독한 불행도 겪은 바였지만 냉혹한 판사와 자기 재산을 탈취해간 철면피한 선장에게 울화가 치밀어 그만 깊은 우울증에 빠져버렸다. 인간들의 사악함이 온갖 추한 모습을 드러내며 그의 머리에 떠올랐고 오로지 슬픈 생각만 들었다. 그러다 마침 보르도로 떠나는 프랑스 배가 있어서 이제는 다이아몬드를 실은 양을 태우고 갈 처지도 아니었으므로 적당한 값에 선실을 빌렸다. 그리고 마을 사람들에게 이 지방에서 제일 불행한 처지여야 한다는 조건을 내걸고 그와 함께 여행할 정직한 사람이 있다면 여비와 식비를 대주고 이천 피아스터를 주겠다는 광고를 냈다.

함대 하나로도 다 태울 수 없을 만큼 지원자가 많이 찾아왔다. 캉디드는 외모가 눈에 띄는 사람들 사이에서 꽤 사교성이 뛰어나 자기가 뽑힐 자격이 있다고 주장하는 사람들을 스무 명쯤 골랐다. 그는 그들을 술집에 모아놓고 저녁을 대접했다. 그리고 각자 자기 이야기를 솔직하게 털어놓기로 맹세하고, 처지가 참으로 한심하고 불평할만하다고 여겨지는 사람을 공정하게 고를 것이며 여기서 뽑히지 않는다 해도 몇 가지 답례를 하겠노라 약속했다.

회식은 새벽 네시까지 계속되었다. 캉디드는 그들의 경험담을 들으면서 부에노스아이레스로 가는 길에 노파가 해주었던 이야기와 그 배 안에 큰 불행을 겪지 않은 사람이 하나라도 있을지 내기하자고 했던 일이 떠올랐다. 그는 사람들의 말을 들으며 팡글로스를 생각했다.

"팡글로스 선생님이 자기 이론을 증명하려면 꽤 당황스러울 거야. 그분이 여기 있었으면 좋았을 텐데. 확실히 말해서 모든 것이 잘되고 있다면 그건 엘도라도에서나 그렇지 나머지 다른 곳에서는 그렇지 않아." 캉디드는 마침내 십 년간 암스테르담의 서점에서 일했다는 불쌍한 학자를 선택했다. 이 세상에 그보다 더 지겨운 직업은 없으리라 판단했던 것이다.

이 학자는 특히 선량한 사람이었는데, 자기 부인에게 재산을 빼앗기고 자기 아들에게 매를 맞고 포르투갈 사람과 달아난 자기 딸에게 버림받은 처지였으며 얼마 전에는 밥줄이었던 하찮은 일자리마저 잃은 상태였다. 게다가 수리남의 신교도 목사들은 그가 소치니* 신봉자라고 생각해서 그를 박해했다. 나머지 사람들도 최소한 그만큼 불행했지만 캉디드는 이 학자가 여행중에 자신을 심심하지 않게 해줄 것이라 기대했다. 다른 지원자들은 캉디드가 공정하지 않다고 생각했고 캉디드는 그들에게 각자 백 피아스터씩 주는 것으로 마음을 달래주었다.

---

* 삼위일체와 예수의 신성을 부인하고 이성에 근거한 성경 해석을 주장한 이탈리아의 종교개혁가. 그의 신봉자들은 신을 찬양하면서도 인간의 죄는 인정하지 않았다.

20장
바다 위에서 캉디드와 마르틴에게
무슨 일이 일어났는가

마르틴이라는 늙은 학자가 이런 사연으로 캉디드와 함께 보르도행 배를 탔다. 수리남에서 희망봉을 거쳐 일본까지 항해한다 해도 여행 내내 서로 심신의 고통에 대해 얘기할 수 있을 정도로 두 사람 모두 많은 것을 보았고 크나큰 고통을 당했다.

그렇지만 캉디드는 마르틴에 비하면 훨씬 처지가 나았다. 그는 여전히 퀴네공드를 다시 만날 희망을 가졌지만 마르틴은 희망을 걸만한 것이 아무것도 없었기 때문이다. 게다가 캉디드에게는 금과 다이아몬드가 있었다. 비록 지상에서 가장 큰 보석들을 실은 살진 붉은 양 백 마리는 잃어버렸다 해도, 비록 네덜란드인 선장에게 사기당한 일이 마음에 남아 있다고는 해도 아직 주머니 속에 간직한 것을 생각하면서 퀴네공드에 대해 이야기할 때, 특히 식사가 끝날 때쯤이면 그는 팡글로스의 이론으로 다시 마음이 기우는 것이었다.

"하지만, 마르틴 선생" 하고 그가 학자에게 물었다. "이 모든 것을 어떻게 생각하십니까? 심신의 고통에 대해 당신은 어떻게 생각하시나요?"

"선생, 성직자들은 나를 소치니 신봉자라고 비난했지만 사실인즉 나는 마니교* 신자랍니다." 마르틴이 대답했다.

"저를 놀리시는 겁니까?" 캉디드가 말했다. "마니교 신자는 이제 이 세상에 없습니다."

"제가 있지 않습니까." 마르틴이 말했다. "무엇을 해야 하는지는 모르겠지만 그렇다고 다르게 생각할 수도 없습니다."

"틀림없이 당신 몸 안에 악마가 들어 있나봅니다." 캉디드가 말했다.

"악마는 이 세상 문제들에 깊이 관여하고 있으니 다른 어디에나 존재하듯 내 몸 안에도 들어 있겠지요." 마르틴이 말했다. "하지만 이 지구 위, 아니 차라리 이 조그만 공 위라고 하는 게 낫겠군요. 이곳을 보게 되면 신은 악을 행하는 몇몇 존재에게 이 지구를 내맡겼다는 생각이 듭니다. 엘도라도는 예외로 치겠습니다. 나는 이웃 도시의 멸망을 바라지 않는 도시를 한 번도 보지 못했고, 다른 가문의 몰살을 원치 않는 집안을 한 번도 본 적이 없습니다. 어디서나 약자는 강자를 증오하면서 강자 앞에서 벌벌 떨고, 강자는 약자를 털과 자기 살을 내다파는 양들처럼 다룹니다. 백만 명의 살인자들이 조직을 이루어 유럽 대륙의 이 끝에서 저 끝까지 날뛰며 밥벌이를 위해 훈련받은 대로 살육과 약

---

* 3세기 페르시아에서 발생한 종교로 선과 악의 이원론에 바탕을 두고 있다. 인간의 영혼은 타락해서 악의 물질과 섞여 있지만 영혼 혹은 지혜가 이를 해방시킨다고 설명한다.

탈을 저지릅니다. 그보다 더 정직한 직업이 없지요. 평화를 구가하고 예술이 꽃피는 듯이 보이는 도시에서 사람들은 함락당한 도시가 참화를 겪는 것보다 더 심하게 탐욕과 고민, 불안에 빠져 있습니다. 은밀한 근심은 공공연한 비참함보다 더 잔인한 법이고요. 한마디로 말해서 나는 그런 꼴을 너무 많이 보고 하도 많이 겪어서 마니교 신자가 된 것입니다."

"그렇지만 선한 것도 존재합니다." 캉디드가 말을 받았다.

"그렇기도 하겠지요." 마르틴이 말했다. "그러나 나는 선을 알지 못합니다."

그들이 이런 논쟁을 하는 와중에 대포 소리가 들렸다. 간간이 들리던 소리는 점점 크게 들려왔다. 두 사람은 각자 망원경을 집어들었다. 5킬로미터쯤 떨어진 곳에서 배 두 척이 서로 싸우는 모습이 보였다. 바람이 불더니 그들이 타고 있던 프랑스 배 가까이로 두 척의 배가 밀려왔고 그들은 아주 편하게 싸움을 지켜볼 수 있었다. 마침내 한쪽이 다른 쪽에 아주 낮고 정확하게 일제 사격을 가했고 배 한 척이 침몰하고 말았다. 캉디드와 마르틴은 가라앉는 배의 갑판 위에서 백여 명의 사람들을 뚜렷하게 알아볼 수 있었다. 그들은 공포에 질려 모두 손을 하늘로 쳐들고 아우성치더니 한순간에 바다 밑으로 휩쓸려 들어갔다.

"자, 저것이 바로 사람들이 서로를 대하는 모습입니다." 마르틴이 말했다.

"정말이군요." 캉디드가 말했다. "이 일에는 무언가 악마적인 것이 있습니다." 이렇게 말하는 중에 붉게 빛나는 무언가가 배 가까이로 헤엄쳐오는 모습이 그의 눈에 들어왔다. 사람들은 그게 무엇인지 보려고 구명정을 타고 나갔다. 그것은 캉디드가 잃어버린 양 한 마리였다. 캉디드는 엘도라도의 커다란 다이아몬드를 가득 실은 양 백 마리를 잃은 슬픔보다 그 양 한 마리를 찾은 기쁨이 더 컸다.

프랑스인 선장은 배를 침몰시킨 것은 스페인 사람이며 침몰당한 배의 선장은 네덜란드의 해적이라고 말했다. 바로 캉디드의 보물을 도둑질해간 그 배였다. 악당이 탈취해간 막대한 재물도 그와 함께 바닷속으로 잠겨버리고 양 한 마리만 구조된 것이었다.

"보세요." 캉디드가 마르틴에게 말했다. "때로는 죄가 벌을 받습니다. 네덜란드인 선장 녀석은 마땅히 받아야 할 벌을 받은 것입니다."

"그렇지요." 마르틴이 말했다. "하지만 배에 타고 있던 승객들도 함께 죽어야만 했을까요? 하느님은 이 사기꾼에게 벌을 주셨지만 악마는 다른 사람들을 물에 빠져 죽게 했어요."

그런 가운데도 프랑스와 스페인 선박은 항해를 계속했고 캉디드는 마르틴과 대화를 이어갔다. 그들은 보름 동안 계속 논쟁했는데 보름이 지나자 처음 생각으로 되돌아와 있었다. 그러나 두 사람은 결국 서로 말하고 생각을 나누며 상대를 위로하고 있었다. 캉디드는 자기 양을 쓰다듬으면서 말했다. "너를 다시 찾았으니 틀림없이 퀴네공드도 다시 찾을 수 있을 거야."

21장
프랑스 해안에 다가가며 계속 논쟁하는
캉디드와 마르틴

마침내 프랑스 해안이 보였다. "마르틴 선생, 프랑스에 와본 적이 있습니까?" 캉디드가 말했다.

"네." 마르틴이 말했다. "나는 여러 지방을 돌아다녔습니다. 주민 절반이 미치광이인 곳도 가보았지요. 어떤 곳은 사람들이 너무 교활하고 어떤 곳은 또 사람들이 대체적으로 꽤 온순하며 어리석기도 하고 어떤 곳에서는 재치 있는 이들도 만났습니다. 그런데 말입니다, 이 모든 곳에서 첫번째 관심사는 사랑이고, 그다음은 헐뜯기이고, 또 그다음은 바보 같은 이야기하기더군요."

"그런데 마르틴 선생, 파리는 구경해보셨나요?"

"네, 가봤습니다. 파리는 그런 모습들이 다 있습니다. 거기는 혼돈 상태입니다. 모든 사람들이 거기서 바글거리며 쾌락을 좇고 있는데 적어도 제 생각에는 아무도 쾌락을 찾지 못한 것 같더군요. 별로 오래 머물지는 못했습니다. 파리에 도착하자마자 생제르맹 시장에서 갖고 있던 것을 모두 소매치기 당했거든요. 그런데 사람들은 반대로 나를 소매치기로 착각했지요. 그래서 감옥에 일주일이나 있었답니다. 그뒤에 걸어서 네덜란드까지 돌아갈 여비를 벌기 위해 인쇄소에서 교정자로 일했습니다. 거기서 글을 쓴다는 건달, 음모를 꾸미는 건달, 얀세니즘* 광신자를 알게 되었습니다. 그 도시에는 꽤 공손한 사람들도 있다고 하던데 나도 그렇게 믿고 싶군요."

"나는 프랑스에 대한 호기심이 조금도 없답니다." 캉디드가 말했다. "엘도라도에서 한 달을 보내고 나면 이 지상에서 퀴네공드 말고는 보고 싶은 것이 하나도 없음을 쉬이 알게 되지요. 나는 퀴네공드를 기다리러 베네치아에 가는 겁니다. 프랑스를 지나 이탈리아로 갈 텐데 나와 같이 가시지 않겠습니까?"

"기꺼이 가지요." 마르틴이 말했다. "베네치아는 귀족들에게만 좋은 곳이라고 하더군요. 그렇지만 돈이 많은 외국인들도 아주 성대하게 대접한답니다. 나는 돈이 없지만 당신에게는 있으니 어디든지 당신을 따라갈 겁니다."

"그런데 말이에요." 캉디드가 말했다. "선장의 두꺼운 책에 확실히 쓰인 대로 지구가 원래 바다였다고 생각하십니까?"

"나는 절대로 그렇게 생각하지 않습니다." 마르틴이 말했다. "그뿐만 아니라 얼마 전부터 사람들이 그럴듯하게 말하는 꿈같은 소리들도 전

---

* 네덜란드의 신학자 얀선이 주장한 교리로, 하느님의 은총을 강조하고 인간의 자유의지를 부정하는 학설로 프랑스 교회의 논쟁을 불러일으켰다.

부 믿지 않아요."

"그렇다면 도대체 이 세상은 무슨 목적으로 만들어졌을까요?" 캉디드가 말했다.

"우리를 화나게 하려고요." 마르틴이 대답했다.

"오레용족 처녀 둘이 원숭이 두 마리를 사랑한 이야기, 제가 들려준 그 이야기가 놀랍지 않으십니까?"

"전혀요." 마르틴이 말했다. "그런 정념이 뭐가 이상하다는 건지 모르겠군요. 나는 너무나 이상한 것들을 많이 봐서 더는 이상할 것이 없답니다."

"오늘 그랬던 것처럼 인간들은 언제나 서로를 학살해왔다고 생각하시나요?" 캉디드가 물었다. "인간은 언제나 거짓말쟁이였고 사기꾼, 배신자, 배덕자, 날강도에다 약하고 변덕스럽고 비겁하고 욕심쟁이에 걸신이 들렸고 주정뱅이, 수전노, 야심가, 학살자, 모략가, 난봉꾼, 광신자, 위선자에 바보였다고 생각하시는지요?"

"당신은 매가 비둘기를 볼 때 언제나 잡아먹을 거라고 생각하십니까?" 마르틴이 말했다.

"네, 그럴 테지요." 캉디드가 말했다. "그러면 매들은 언제나 같은 성정을 갖고 있는데 어째서 인간은 다르기를 바라시나요?" 마르틴이 말했다.

"오!" 캉디드가 말했다. "그건 차이가 크지요. 왜냐하면 자유의지라는 것이……" 이런 식으로 논쟁하는 동안 그들은 보르도에 도착했다.

22장
프랑스에서 캉디드와 마르틴에게 무슨 일이 일어났는가

캉디드는 이제 철학자 마르틴 없이는 지낼 수가 없었다. 그래서 멋진 이인용 마차를 마련하기 위해 엘도라도에서 가져온 돌멩이 몇 개를 파느라 보르도에서 몇 시간 체류했다. 단 한 가지 크게 아쉬웠던 것은 양과 헤어지는 일뿐이었다. 캉디드는 양을 보르도의 과학원에 맡기기로 했다. 그리고 과학원은 양의 털이 붉은 이유를 올해의 현상 주제로 내걸었다. 그 상은 A+B−C를 Z로 나누어서 양털은 붉을 수밖에 없다는 것과 결국에는 양이 천연두로 죽게 되리라는 것을 논증한 북부 지방의 어느 학자에게로 돌아갔다.

그런데 캉디드가 거리의 술집에서 만난 여행자들은 모두 "파리에 간다"고 말했다. 그렇게 누구나 가진 열정에 휘말려 캉디드는 결국 이 도시를 보고 싶다는 생각이 들었다. 베네치아로 가는 길은 파리를 거친

다 해도 그다지 많이 돌아가는 것은 아니었다. 그는 생마르소 외곽을 통해 파리로 들어갔는데, 그곳은 베스트팔렌에서도 가장 지저분한 마을에 온 듯한 기분이 들게 했다.

캉디드는 여인숙에 들자마자 이내 피로가 몰려와 가벼운 몸살을 앓았다. 사람들은 그가 손가락에 커다란 다이아몬드를 끼고 있고 짐 중에 꽤 무거운 상자가 있다는 것을 알았으므로, 부르지도 않은 의사가 즉각 둘이나 그의 곁에 붙었고 친한 체하는 친구들이 곁을 떠나지 않았으며 독실한 여신도 두 명은 그에게 수프를 데워다주었다. 마르틴이 말했다.

"나도 처음 여행할 때 파리에서 병이 났던 생각이 나는군요. 나는 아주 가난했습니다. 그러니 내게는 친구도 없었고 여신도 없었고 의사도 없었지만 그래도 거뜬히 회복했어요."

그러나 약과 사혈 때문에 캉디드의 병은 오히려 더 깊어갔다. 마을의 보좌신부가 오더니 상냥하게 천국의 문지기에게 지불할 천국표를 사지 않겠느냐고 그에게 물었다. 캉디드는 그런 것은 전혀 원하지 않았다. 그것이 새로운 유행이라고 여신도들이 그를 안심시켰지만, 캉디드는 자신은 유행을 따르는 사람이 아니라고 대답했다. 마르틴은 보좌신부를 창문으로 집어던지고 싶었다. 신부는 캉디드가 죽어도 그를 묻어줄 사람이 하나도 없을 거라고 큰소리쳤고, 마르틴은 이런 식으로 계속 성가시게 굴면 자기가 신부를 묻어버리겠다고 큰소리쳤다. 언쟁이 격렬해졌다. 마르틴이 신부의 어깨를 잡아 거칠게 내쫓았는데 그것이 큰 소동을 불러일으켰고 결국 사람들은 그 일에 대해 조서를 써야 했다.

캉디드는 회복하는 동안 집에서 저녁식사를 함께할 아주 좋은 친구들을 사귀게 되었다. 그들은 큰돈을 걸고 카드놀이를 했다. 캉디드는 한 번도 자신에게 에이스 카드가 들어오지 않자 몹시 놀랐지만 마르틴은 놀라지 않았다.

도시를 안내하며 그를 대접해준 사람들 중에는 페리고르* 출신의 신부가 한 명 있었다. 그는 열성적이고 민첩하고 늘 남을 도와주고 뻔뻔하고 다정하고 싹싹한 부류로, 길목에서 이방인들을 지켜보고 있다가 도시의 소문을 들려주는 등 어떻게 해서든지 그들을 즐겁게 해주려는 그런 사람이었다. 그는 우선 캉디드와 마르틴을 극장으로 데리고 갔다. 극장에서는 새로운 비극을 공연하고 있었다. 캉디드는 몇몇 훌륭한 지식인들 곁에 자리를 잡게 되었다. 그렇다고 해서 완벽하게 연기하는 장면에서 눈물을 흘리지 못할 것은 없었다. 그의 옆에 있던 비평가들 중 한 명이 막간을 이용하여 그에게 말을 걸었다.

"눈물을 흘리시다니 정말 잘못 아신 겁니다. 여배우는 아주 형편없고 함께 연기한 남자 배우는 더 형편없습니다. 작품은 배우들보다 더더욱 형편없고요. 작가는 아랍어를 한마디도 모르는데 무대는 아랍이거든요.** 게다가 본유관념***을 믿지 않는 사람이랍니다. 내일 제가 그자에 대한 비평지 스무 부를 가져다드리지요."

"신부님, 프랑스에는 희곡이 몇 편이나 있나요?" 캉디드가 묻자 신부가 대답했다.

---

* 프랑스 남서부의 농업 지역.
** 당시 볼테르의 희곡 〈중국의 고아〉를 두고 그에게 쏟아졌던 비판과 유사하다.
*** 학습이나 경험으로 얻은 것이 아니라 인간이 태어나기 전부터 원래 가지고 있는 관념.

"오륙천 편 정도 되지요."

"많군요. 그 가운데 좋은 작품은 얼마나 되나요?" 캉디드가 말했다.

"십오륙 편쯤 됩니다." 상대가 응수했다.

"많군요." 마르틴이 말했다.

캉디드는 이따금 공연하는 아주 평범한 비극에서 엘리자베스 여왕 역을 맡은 여배우가 무척 마음에 들었다.

"저 배우가 아주 마음에 듭니다." 캉디드가 마르틴에게 말했다. "퀴네공드 양과 많이 닮았어요. 그녀와 인사를 나누면 좋겠는데." 페리고르 출신의 신부가 캉디드를 그녀의 집으로 안내해주겠다고 나섰다. 캉디드는 독일에서 자랐으므로 프랑스의 예절이 어떠한지, 영국 여왕 역을 맡은 배우를 어떻게 대해야 하는지 물었다.

"파리냐 지방이냐를 구분해야 합니다. 지방에서는 그들을 선술집으로 데려가지요. 파리에서는 여배우가 예쁠 때는 존중하지만 죽으면 쓰레기장에 버린답니다."* 신부가 말했다.

"여왕 역을 한 배우를 쓰레기장에 버리다니요!" 캉디드가 말했다.

"네, 사실입니다." 마르틴이 말했다. "신부님 말씀이 맞아요. 내가 파리에 있을 때 모님**이라는 여배우가 있었는데 그녀가 흔히 말하듯 이 세상에서 저 세상으로 건너가게 되었을 때 매장의 영예라고 하는 것, 말하자면 지저분한 공동묘지에서 마을 부랑배들과 함께 썩어가는 그일을 사람들은 못하게 막았단 말입니다. 모님은 부르고뉴 가의 구석진

---

* 1730년 프랑스의 인기 여배우 르쿠브뢰르가 사망했을 때 배우라는 이유로 기독교식 장례가 거부되었던 일을 말한다. 실제로 볼테르는 이 사건을 소재로 시를 쓰기도 했다.
** 라신의 희곡 〈미트리다트〉의 등장인물로 르쿠브뢰르가 이 역할로 데뷔했다.

곳에 외따로 떨어져 동그마니 혼자 묻혔지요. 아주 고상했던 그녀에게는 그 사실이 너무나 고통스러웠을 겁니다." 마르틴이 말했다.

"아주 무례한 짓이군요." 캉디드가 말했다.

"어쩌겠습니까?" 마르틴이 말했다. "이 사람들은 그렇게 생겨먹었는걸요. 일어날 수 있는 모든 모순과 양립불가능성을 생각해보세요. 정부에서, 재판소에서, 교회에서 그리고 이 웃기는 나라의 공연장에서 그런 모순을 보게 될 것입니다."

"파리에서는 사람들이 언제나 웃고 있다는 것이 사실인가요?" 캉디드가 말했다.

"네." 신부가 말했다. "하지만 화를 내면서 웃습니다. 크게 웃음을 터뜨리면서 모든 것에 불평을 터뜨리지요. 가장 혐오스러운 행동마저도 웃으면서 한답니다."

"내가 관람하면서 그토록 눈물을 흘린 연극과 내가 그토록 마음에 들어 한 여배우를 혹평한 저 뚱뚱한 돼지는 누군가요?" 캉디드가 물었다.

"바로 살아 있는 악입니다." 신부가 대답했다. "모든 연극과 모든 책을 혹평하는 일로 벌어먹고 사는데, 마치 고자가 바람둥이를 미워하듯이 성공한 사람은 누구든 미워하지요. 욕설과 독을 먹고사는 문학계의 독사들 중 한 명이지요. 못된 사이비 기자란 말입니다."

"어떤 사람을 사이비 기자라고 하나요?" 캉디드가 물었다.

"비평지 기고가인 프레롱* 같은 사람이지요." 신부가 말했다.

---

*『문학연보』의 편집장 엘리 프레롱을 말한다. 볼테르를 비롯한 계몽사상가들에 대해 적대적인 글을 썼다.

캉디드와 마르틴, 그리고 페리고르 출신 신부는 계단 위에 서서 연극을 보고 나오는 사람들이 줄지어 지나가는 모습을 보며 이렇게 이것저것 따지고 있었다.

"퀴네공드 양을 다시 만나는 일이 매우 급하기는 합니다만" 하고 캉디드가 말했다. "그래도 클레롱 양과 저녁식사를 함께하고 싶군요. 내게는 그녀가 참 멋있어 보이는데요."

신부는 클레롱 양에게 접근할 수 있는 남자가 아니었으니, 그녀는 훌륭한 사람만 만났던 것이다.

"오늘 저녁은 클레롱 양이 선약이 있다더군요." 신부가 말했다. "하지만 지체 높은 귀부인 댁으로 당신을 모시는 영광을 주십시오. 그 댁에 가면 파리에서 사 년은 산 사람처럼 파리를 잘 알게 될 것입니다."

캉디드는 천성적으로 호기심이 많았으므로 안내를 받아 생토노레 거리 안쪽에 있는 귀부인의 집으로 갔다. 사람들이 파라오 놀이*에 열중해 있었다. 돈을 건 열두 명은 각자 손에 그들의 불운을 기록한 괴상한 장부라고나 할 조그만 수첩을 들고 있었다. 정적이 감돌았다. 돈을 건 사람들의 이마는 창백했고 은행가의 이마에는 불안이 깃들었으며, 이 집의 귀부인은 냉혹한 은행가 옆에 앉아서 돈을 두 배로 걸 때와 7이나와 일곱 배를 걸 때마다 살쾡이 같은 눈빛으로 그것을 눈여겨보았다. 노름하는 사람들이 카드의 귀를 접으면 그녀는 엄격하나 예의바르게 카드의 귀를 다시 펴라고 했다. 그러나 손님을 잃을까 두려워 화는 전혀 내지 않았다. 부인은 자신을 파롤리냐크 후작 부인이라고 부르게

---

* 카드놀이의 일종으로 '은행가'와 돈을 거는 사람들이 내기를 하는 게임이다.

했다. 그녀의 딸은 열다섯 살이었는데, 돈을 건 사람들 속에 끼어 있다가 운명의 가혹함을 만회해보려는 이 가엾은 사람들의 속임수를 눈짓으로 알려주었다. 페리고르 출신 신부와 캉디드와 마르틴이 들어섰지만, 아무도 일어나지 않았고 아무도 인사하지 않았으며 아무도 쳐다보지 않았다. 모두 심각하게 카드놀이에 열중해 있었다.

"툰더 텐 트론크 남작 부인은 훨씬 예의가 바르셨지." 캉디드가 말했다.

그런데 신부가 후작 부인에게 다가가 귓속말을 했다. 그녀는 몸을 반쯤 일으켜 캉디드에게는 우아한 미소로, 마르틴에게는 완벽하게 고상한 표정으로 정중히 인사했다. 그러고는 사람을 불러 캉디드에게 자리를 마련해주고 카드놀이를 하게 준비해드리라고 했다. 캉디드는 판이 두 번 도는 동안 오만 프랑을 잃었다. 그런 다음 그들은 매우 즐겁게 저녁식사를 했다. 모두들 캉디드가 돈을 잃고도 덤덤한 표정을 짓는 것을 보고 놀라워했다. 하인들은 그들 사이에서 자기들끼리 통하는 말로 수군거렸다. "저 사람은 영국 귀족임에 틀림없어."

식사는 파리의 보통 저녁식사와 같았다. 처음에는 말이 없다가 서로 뒤섞여 알아들을 수 없는 말이 이어지고, 그런 다음 따분한 농담이 대부분인 가운데 거짓 소식, 그릇된 추론, 약간의 정치 이야기와 무수한 험담이 오고가며 신간 서적에 대해서까지 말하는 것이다.

"신학 박사인 고샤 씨의 소설을 읽어보셨습니까?" 페리고르의 신부가 말했다. "네. 하지만 끝까지 읽지는 못했어요. 엉뚱한 책들이 많이 나오지만 모두 합쳐도 신학 박사 고샤의 엉뚱함에는 못 미칠걸요. 나는 지겨운 책들이 하도 많이 범람하는데 신물이 나서 파라오 놀이에

돈을 걸기 시작했답니다."

"그러면 T부주교*의 문집은…… 그건 어떻다고 보십니까?" 신부가 말했다.

"아! 지겹기 짝이 없어요! 세상 사람들이 다 아는 걸 얼마나 새로운 듯이 얘기하는지! 말할 가치도 없는 것을 얼마나 심각하게 따지고 드는지! 다른 사람의 재치를 얼마나 재치 없이 자기 것으로 삼는지요! 자기가 가로챈 것은 또 얼마나 망쳐놓는지! 너무 지겨워요! 하지만 더는 나를 지겹게 못 할 거예요. 부주교의 책을 몇 쪽 읽었으니 이젠 더이상 안 읽어도 되니까요." 파롤리냐크 부인이 말했다.

학식과 심미안을 갖춘 남자 하나가 식탁에 자리하고 있었는데 그가 후작 부인이 하는 말을 거들었다. 이어서 사람들은 비극에 대해 이야기했다. 부인은 어째서 이따금 공연은 하지만 희곡으로는 읽히지 않는 비극들이 있는지 물었고, 심미안 있는 남자는 어떻게 한 편의 희곡이 흥미를 끌게 되는지를, 그런데 어째서 그런 작품에 좋은 점이라고는 하나도 없는지를 아주 잘 설명해주었다. 그는 비극 작품은 모든 소설에 나오는 것으로 언제나 관객을 유혹하는 그런 상황을 하나나 둘 끌어가는 것으로는 충분하지 않고, 이상하지 않으면서 새로워야 하고 가끔 숭고하고 언제나 자연스러워야 한다는 것을 몇 마디 안 되는 말로 논증해냈다. 그리고 인간의 마음을 꿰뚫어서 그 마음이 저절로 말하도록 해야 하고, 희곡의 등장인물 중 어떤 이도 시인으로 보이지 않되 훌륭한 시인이어야 하고, 언어를 완벽하게 구사할 줄 알아야 하고, 순수

---

* 트뤼블레 신부를 말한다. 가브리엘 고샤와 함께 볼테르와 백과전서파의 반대파였다.

함과 한없는 조화로움을 지니되 결코 운이 의미를 희생시키지 않도록 주의해야 한다고 했다.

"이 규칙을 모두 깨닫지 못하는 자는"하며 그는 덧붙여 말했다. "누구라도 극장에서 환호하는 한두 편의 비극은 쓸 수 있을지 몰라도 결코 훌륭한 작가의 반열에는 오를 수 없습니다. 훌륭한 비극 작품은 드물지요. 어떤 비극은 운이 맞는 대화로 잘 쓴 목가일 따름이고, 어떤 작품은 하품이 나오는 정치적 추론이나 반감을 일으키는 과장이며, 어떤 작품은 조잡스러운 문체로 쓰인 광신적인 몽상이거나 두서없는 이야기입니다. 혹은 인간에게는 말을 걸 줄 모르는 채 신을 부르는 기나긴 소리이거나 엉터리 격언, 부풀려진 흔해빠진 이야기들이지요."

캉디드는 이 말을 주의깊게 듣고 그 사람의 훌륭한 생각을 이해했다. 후작 부인이 옆에 앉도록 호의를 베풀었기 때문에 캉디드는 그녀에게 귓속말로 이렇게 말을 잘하는 저 사람이 누구인지를 편하게 물어볼 수 있었다.

"절대로 도박은 안 하는 학자이시죠." 부인이 말했다. "신부님이 저녁식사 때 이따금 저분을 데려오시는데 비극이나 책에 아주 정통하답니다. 관객에게 야유를 받은 비극 한 편과 책 한 권을 쓰셨는데, 나한테 헌정한 한 권을 제외하면 그의 서재가 아닌 다른 곳에서는 결코 그 책을 볼 수가 없지요."

"훌륭한 분이군요! 제2의 팡글로스네요." 캉디드가 말했다.

그러더니 그를 향해 몸을 돌려 이렇게 말했다.

"선생께서는 물질계나 정신계에서 모든 것이 최선의 상태이며 달리 될 수는 없었다고 확신하십니까?"

"선생, 나는 절대로 그렇게 생각하지 않습니다. 우리가 사는 세상에서는 모든 것이 삐딱하게 진행중이라고 생각합니다. 어디가 자기 줄인지 아무도 모르고, 할 일이 무엇인지, 무엇을 하고 있는지, 무엇을 해야 하는지 아무도 알지 못합니다. 웬만큼 즐겁고 제법 의견이 일치하는 저녁식사 때를 제외하면 나머지 시간에는 엉뚱한 싸움이나 해대지요. 얀세니스트와 몰리니스트*가 싸우고, 의회 사람들은 교회 사람들과 싸우고, 문인들은 문인들끼리, 조정 고관은 고관들끼리, 은행가들은 서민들과, 부인들은 남편들과, 친족들은 친족들끼리 싸웁니다. 끝없는 싸움질을 벌이지요."

캉디드가 그에 응수했다. "더 나쁜 것도 나는 보았습니다. 그러나 불행히도 교수형을 당한 한 현자가 제게 가르치기를 모든 세상사가 기적과도 같이 잘되어 있다고 말했습니다. 나쁜 일들이란 아름다운 그림의 그림자라고요."

"교수형을 당했다는 당신의 선생은 세상을 조롱한 것이고 당신이 말하는 그림자란 끔찍한 얼룩입니다!" 마르틴이 이렇게 대답했다.

"얼룩을 만드는 것은 사람들이고 그들은 얼룩을 면할 수 없습니다." 캉디드가 말했다.

"그러니까 그건 그들의 잘못이 아닙니다." 마르틴이 말했다. 내기하는 사람들 대부분은 대화는 전혀 듣지 않고 술을 마시고 있었다. 마르틴은 학자와 토론을 계속했고, 캉디드는 여주인에게 자신의 모험담 한 토막을 들려주었다.

---

* 스페인 예수회 신학자 몰리나의 학설을 따르는 교파로, 신의 은총은 인간의 협력이 이루어지는 곳에서만 성립한다고 주장했다.

저녁을 먹고 나서 후작 부인이 캉디드를 내실로 데리고 가더니 소파에 앉으라고 했다.

"그런데" 하며 후작 부인이 말을 꺼냈다. "당신은 여전히 툰더 텐 트론크의 퀴네공드 양을 열렬히 사랑하시나요?"

"그렇습니다. 부인." 캉디드가 대답했다. 후작 부인은 부드러운 미소를 띠고 그에게 말했다. "베스트팔렌 출신 젊은이답게 대답하는군요. 프랑스인이라면 이렇게 말했을 거예요. '제가 퀴네공드 양을 사랑하는 것은 사실입니다. 하지만 부인, 당신을 보고 있으려니 그녀를 더이상 사랑하지 않게 될까 두렵습니다'라고요."

"저런! 부인, 부인이 원하시는 대로 대답하겠습니다." 캉디드가 말했다.

"퀴네공드 양을 향한 당신의 열정은 그녀의 손수건을 줍는 것에서 시작되었군요. 나는 당신이 내 양말대님을 주워주셨으면 해요." 후작 부인이 말했다.

"기꺼이 그리해드리지요." 캉디드가 이렇게 말하고 양말대님을 주웠다.

"그런데 다시 대님을 매어주셨으면 하네요." 캉디드는 부인의 양말대님을 매주었다. "보세요, 당신은 외국인이에요. 나는 때로 파리에 있는 애인들을 보름 동안 애태우게 하지요. 하지만 당신이라면 첫날밤부터 당신에게 가겠어요. 베스트팔렌의 젊은이에게는 그에 합당한 예우를 해줘야 하니까요." 부인이 말했다. 이 아름다운 부인은 젊은 외국인이 두 손에 낀 두 개의 큼직한 다이아몬드를 알아보고 하도 진지하게 칭찬을 하는 바람에 캉디드는 자기 손가락의 반지를 후작 부인에게 끼

읽주었다.

캉디드는 페리고르 출신의 신부와 함께 돌아오면서 퀴네공드 양에게 충실하지 못했던 것에 조금 후회가 되었다. 신부는 신부대로 고민에 빠졌다. 그는 캉디드가 노름에서 잃어버린 오만 프랑과 반쯤은 자의라 해도 반쯤은 강탈당한 것이나 다름없는 보석 반지 두 개에 대한 대가로 약소한 몫을 받았을 뿐이었다. 그는 캉디드와 친분을 쌓아 자신이 얻을 수 있는 것을 최대한 얻어내려는 계획을 세웠다. 그는 캉디드에게 퀴네공드에 대한 이야기를 계속했고, 캉디드는 베네치아에서 그녀를 만나게 되면 자신이 한눈판 것에 대해 그녀에게 용서를 구하겠노라고 신부에게 말했다.

페리고르 출신의 신부는 두 배 더 공손하고 주의깊게 캉디드가 말하는 모든 것, 그가 행하는 모든 것, 그가 행하려고 하는 모든 것에 전부 다정한 관심을 보였다.

"그러니까, 베네치아에서 만나기로 하셨습니까?" 그가 캉디드에게 물었다.

"네, 신부님, 반드시 퀴네공드 양을 찾으러 가야 합니다." 캉디드가 말했다.

그리고 나서 사랑하는 사람에 대해 말하는 기쁨에 사로잡혀 저 유명한 베스트팔렌 아가씨와의 연애담을 자기 방식대로 이야기했다.

"제 생각에 퀴네공드 양은 재치 있고 매력적인 편지를 쓸 것 같습니다." 신부가 말했다.

"편지를 받아본 적은 한 번도 없습니다." 캉디드가 말했다. "생각해보세요. 그녀를 사랑한 죄로 성에서 쫓겨났으니 편지를 쓸 수 없었지요. 그리고 얼마 되지 않아 그녀가 죽었다는 소식을 들었고, 그다음 그녀를 다시 만났지만 다시 헤어졌습니다. 여기에서 만 킬로미터 떨어진 곳에 있는 그녀에게 편지를 보냈는데, 지금 그 답장을 기다리고 있답니다."

신부는 주의깊게 듣더니 잠시 생각에 잠기는 듯했다. 그리고 곧 두 외국인을 다정히 껴안으며 작별 인사를 했다. 다음날 캉디드는 잠에서 깨어나 다음과 같은 내용의 편지를 받았다.

너무나 사랑하는 나의 연인에게, 이 도시에서 병에 걸린 지 일주일이 되었습니다. 당신이 여기 계시다고 들었어요. 움직일 수만 있다면 당신 품으로 날아가련만. 당신이 보르도를 거쳐간다고 하더군요. 그곳에 충직한 카캄보와 노파를 두고 왔는데 곧 제 뒤를 따라올 거예요. 부에노스아이레스 총독이 모든 것을 앗아갔지만 제게는 당신의 마음이 남아 있습니다. 오세요, 당신을 보면 제 병이 나을 거예요. 아니, 어쩌면 너무 기쁜 나머지 죽을지도 몰라요.

이 매혹적인 편지, 이 뜻밖의 편지는 캉디드에게 이루 말할 수 없는 기쁨을 안겨주었다. 하지만 사랑하는 퀴네공드가 아프다는 사실은 그를 고통스럽게 했다. 이 두 감정 사이를 오가며 그는 금과 다이아몬드를 가지고 마르틴과 함께 안내를 받아 퀴네공드가 묵고 있는 호텔로 갔다. 그는 감정이 북받쳐 떨면서 안으로 들어섰다. 가슴이 두근거리고 목소리에는 흐느낌이 섞였다. 그는 침대의 커튼을 들추면서 등불을 가져다달라고 했다.

"조심하십시오." 하녀가 그에게 말했다. "아가씨에게 빛은 아주 해롭습니다." 그러더니 그녀는 느닷없이 커튼을 도로 닫았다.

"사랑하는 퀴네공드." 눈물을 흘리며 캉디드가 말했다. "몸은 좀 어떻습니까? 나를 볼 수 없다면 말이라도 해봐요."

"아가씨는 말을 못합니다." 하녀가 말했다. 그때 여인이 포동포동한 손을 침대에서 내밀었다. 캉디드는 오랫동안 그 손을 눈물로 적시고 나서 손에는 다이아몬드를 하나 가득 쥐여주고 안락의자 위에는 금이 가득 든 가방을 남겨두었다.

그가 한참 들떠 있는데 페리고르 출신의 신부와 보병분대를 거느린 경관이 나타났다.

"수상쩍다는 두 외국인이 이들이오?" 그는 즉시 두 사람을 체포하여 감옥에 가두라고 병사들에게 명령했다.

"엘도라도에서는 여행자를 이렇게 취급하지 않습니다!" 캉디드가 말했다.

"나는 그 어느 때보다 바로 지금 더욱더 마니교를 믿게 되었소." 마르틴이 말했다.

"그런데 우리를 어디로 데려가는 거요?" 캉디드가 말했다.

"지하 감옥이오." 경관이 말했다.

냉정을 되찾은 마르틴은 퀴네공드 행세를 한 부인은 사기꾼이며, 캉디드의 순진함을 재빠르게 이용한 페리고르 출신 신부도 사기꾼이고, 경관 역시 사기꾼이라는 것을 알아차렸다. 그는 이 경관 정도는 쉽게 처리할 수 있다고 판단했다.

진짜 퀴네공드를 만나고 싶어 조바심이 난 캉디드는 마르틴의 귀띔을 깨닫고는, 법정에 나가 재판을 받느니 차라리 경관에게 하나에 대략 삼천 피스톨씩 하는 다이아몬드 세 개를 주고 거래를 하기로 했다.

"아! 선생, 당신이 상상할 수 있는 범죄는 전부 다 저질렀다고 해도 당신은 세상에서 가장 정직한 사람입니다. 다이아몬드 세 개라! 하나에 삼천 피스톨이나 하는 것을! 선생! 당신을 감옥에 데려가느니 차라리 내 목숨을 바치겠소. 우리는 외국인은 전부 다 체포하고 있지만 내가 알아서 처리하겠소. 노르망디 지방의 디에프에 동생이 살고 있는데 내가 선생을 그리로 데려가리다. 만약 동생한테 줄 다이아몬드가 있다면 그 아이도 나처럼 당신을 돌봐줄 것이오." 상아로 만든 곤봉을 찬 경관이 말했다.

"그런데 어째서 외국인을 다 체포하는 겁니까?" 캉디드가 물었다. 그러자 페리고르 출신의 신부가 말했다.

"아트레바티 출신의 한 부랑배가 욕설을 퍼붓는 소리를 들었기 때문이오. 오직 그 때문에 그자는 대역죄*를 범했지요. 1610년 5월에 있었던 일이 아니라, 1594년 12월에 있었던 일 같은 대역죄** 말이오. 그리고 다른 해에 그런 욕설을 들은 또다른 부랑배들이 또 여러 차례 그런 대역죄를 저질렀지요."

경관이 문제의 사건에 대해 더 자세히 설명해주었다.

"아, 괴물들이군요!" 캉디드가 부르짖었다. "뭐라고요! 춤추고 노래

---

* 1757년 아트레바티(아르투아) 지방 출신의 다미앵이란 사람이 저지른 루이 15세 시해 미수 사건을 말한다.
** 1594년에는 장 샤텔에 의한 앙리 4세 시해 미수 사건이, 1610년에는 라바야크에 의한 앙리 4세 시해 사건이 있었다.

하는 민족의 나라에서 어쩌면 그런 끔찍한 일들이! 원숭이가 호랑이를 괴롭히는 이런 나라에서 한시바삐 벗어날 수 없겠습니까? 내 고국에서는 곰 같은 인간을 보았는데, 그러니 내가 인간을 본 것은 엘도라도에서뿐이었군요. 경관 나리, 제발 나를 베네치아에 데려다주시오. 거기서 나는 퀴네공드를 기다리기로 했습니다."

"나는 노르망디 남부 지역까지만 당신을 데려다줄 수 있소." 경관이 말했다. 그는 즉시 사람을 잘못 보았다고 말하며 수갑을 풀어주었다. 그리고 부하들을 돌려보내고 캉디드와 마르틴을 디에프까지 데리고 가서 자기 동생에게 넘겨주었다. 부두에는 네덜란드 국적의 작은 배 한 척이 있었다. 그 노르망디 사람은 다이아몬드 세 개의 힘으로 이 세상에 둘도 없이 친절한 사람이 되어 캉디드와 일행을 영국의 포츠머스까지 가는 배에 태워주었다. 베네치아로 가는 것은 아니었지만 캉디드는 지옥에서 풀려나는 기분이었다. 그는 기회만 되면 다시 베네치아로 가는 길을 찾으리라 다짐했다.

23장
캉디드와 마르틴은
영국 해안에 당도하여 무엇을 보았는가

"아, 팡글로스! 팡글로스! 아, 마르틴! 마르틴! 아, 사랑하는 퀴네공드! 이 세상은 도대체 무엇이란 말입니까?" 네덜란드의 배 위에서 캉디드가 말했다.

"꽤나 미쳤고 꽤나 가증스러운 세상입니다." 마르틴이 대답했다.

"당신은 영국을 아시나요? 거기도 프랑스처럼 미친 세상입니까?"

"미치긴 했는데 종류가 다르지요." 마르틴이 말했다. "아시다시피 이들 두 나라는 몇 에이커 안 되는 눈 덮인 땅 때문에 캐나다와 전쟁을 벌이고 있습니다. 그 잘난 전쟁을 위해 캐나다 땅 전체 값보다 훨씬 더 비싼 값을 치르고 있지요. 정확히 말씀드려서 이 나라에 붙어먹으려는 사람이 많은지, 저 나라에 붙어먹으려는 사람이 많은지는 내 미약한 지성으로는 알 길이 없습니다. 내가 아는 건 앞으로 우리가 만날 사람

들이 대체로 상당히 우울하고 화를 잘 낸다는 것뿐입니다." 마르틴이
말했다.

그들이 이렇게 이야기를 나누는 사이에 포츠머스에 당도했다. 수많
은 인파가 해안을 가득 메우고 있었는데 모두들 바다에 떠 있는 어느
배의 갑판 위를 유심히 보는 중이었다. 그곳에는 아주 뚱뚱한 남자가
두 눈을 가린 채 무릎을 꿇고 있었다. 곧 그와 마주 선 네 명의 군인이
각자 세상에서 가장 평화로운 모습으로 그 남자의 머리에 총을 세 발
씩 쏘았다. 모여 있던 사람들은 모두 대단히 만족해하며 돌아갔다.

"도대체 이게 무슨 일입니까?" 캉디드가 물었다. "도대체 어떤 악마
가 도처에서 이런 권능을 행사한단 말이오?" 그는 방금 사형시킨 그
뚱뚱한 남자가 누구인지 물어보았다.

"함대 제독입니다." 사람들이 그에게 대답했다.

"그런데 제독을 왜 죽입니까?"

"사람들을 충분히 많이 죽이지 않았기 때문입니다. 제독이 전투에서
적 가까이 접근도 하지 않고 프랑스 제독에게 항복했다는 사실을 알게
된 거지요."*

"하지만 영국 제독이나 프랑스 제독이나 제대로 접근해서 싸우지 않
은 건 마찬가지잖소!" 캉디드가 말했다.

"그건 말할 것도 없지요." 누군가가 대꾸했다. "하지만 이 나라에서
는 다른 사람들에게 용기를 불어넣기 위해 가끔 제독 한 명씩을 죽이
는 게 좋다고 합디다."

---

* 1757년 3월 영국의 제독 존 바잉은 무력하게 프랑스군에 항복했다는 이유로 선상에서
처형되었다. 볼테르가 그를 위해 중재에 나섰으나 허사였다.

캉디드는 그가 보고 들은 것이 너무나 혼란스럽고 놀라워서 그 땅에 발을 들여놓고 싶지 않았다. 그래서 지체 없이 베네치아까지 데려다달라고 네덜란드인 선장과 거래를 했다(그 역시 수리남의 선장처럼 그의 재물을 훔칠지라도 말이다).

이틀 뒤에 선장은 떠날 준비를 다 마쳤다. 배가 프랑스 해안을 돌아 리스본이 보이는 곳을 지나갈 때 캉디드는 전율했다. 배는 해협을 통과해 지중해로 들어섰고 마침내 베네치아에 도착했다.

"신은 찬미받으소서!" 캉디드는 마르틴을 껴안으며 말했다. "바로 이곳에서 나는 아름다운 퀴네공드를 다시 만날 겁니다. 나 자신을 믿듯이 카캄보를 믿어요. 모든 것이 선이고 모든 것이 잘 되어가고 있어요. 모든 것이 가능한 최선의 상태를 향해 가고 있습니다."

24장
파케트와 지로플레 수사에 관하여

캉디드는 베네치아에 도착하자마자 술집과 카페, 사창가를 다 뒤져 카캄보를 찾아보게 했지만 그는 나타나지 않았다. 매일 큰 선박과 작은 배들까지 샅샅이 뒤졌어도 카캄보의 소식은 전혀 들을 수가 없었다.

"뭐라고요! 내가 수리남에서 보르도까지, 보르도에서 파리까지, 파리에서 디에프까지, 디에프에서 포츠머스까지 포르투갈과 스페인 해안을 돌고 지중해를 완전히 가로질러 베네치아에 와서 몇 달을 보냈는데 퀴네공드가 여태 오지 않았다니요! 나는 그녀 대신에 페리고르 출신 신부와 웬 뻔뻔한 여자만 만났을 뿐이라고요! 아마 퀴네공드가 죽었나봅니다. 나도 이제 죽을 수밖에요. 아! 이 저주받은 유럽 땅에 돌아오느니 차라리 엘도라도 낙원에 머물러 있을 것을. 당신 말이 참으로 맞았구려! 친애하는 마르틴! 모든 것은 환상이고 재난일 뿐입니다." 캉디드가 마르틴에게 말했다.

캉디드는 심각한 우울증에 빠져 오페라 「유행」*을 보러 가지도 않았고 카니발의 여흥에도 끼지 않았다. 어떤 귀부인도 그를 눈곱만큼도 유혹하지 못했다. 마르틴이 그에게 말했다. "정말 순진하시군요. 사실 말이지 혼혈 하인이 주머니에 오륙백만 피아스터를 가지고 세상 끝까지 당신 애인을 찾으러 가서 그녀를 베네치아로 데려오리라고 생각하다니요. 그 하인이 그녀를 찾는다면 자기가 먼저 차지하겠지요. 그녀를 찾지 못하면 다른 여자를 차지할 테고요. 당신의 하인 카캄보와 애인 퀴네공드는 그만 잊으라고 충고하는 바이올시다." 마르틴도 그에게 위로가 되지 못했다. 캉디드의 우울증은 심해졌고, 마르틴은 어쩌면 아무도 갈 수 없는 엘도라도를 빼고는 이 지상에 덕성이나 행복은 거의 존재하지 않는다는 것을 그에게 계속 논증했다.

이런 중요한 문제들에 대해 토론하면서 퀴네공드를 기다리던 어느 날, 캉디드는 산마르코 광장에서 한 처녀와 팔짱을 끼고 가는 테아토 수도회**의 젊은 수사를 보게 되었다. 그는 생기 있고 건장하고 활기차 보였으며 눈은 빛나고 표정은 자신감에 차 있었고 혈색 좋은 얼굴에 태도 또한 당당했다. 처녀는 아주 귀여웠고 노래를 부르고 있었다. 그녀는 사랑스럽게 수사를 쳐다보다가 때때로 그의 통통한 뺨을 꼬집기

---

* 이탈리아의 작곡가 베네데토 마르첼로가 쓴 오페라에 대한 풍자 소책자 『유행극장』(1720)에서 따온 제목으로 보인다.
** 16세기 이탈리아에서 창설된 수도회. 전적으로 생계를 신의 섭리에 의지하여 자선을 요구하지 않는다.

도 했다.

캉디드가 마르틴에게 말했다. "당신은 적어도 저 사람들은 행복하다고 솔직히 인정해야 할 겁니다. 지금까지 우리가 살고 있는 온 지구상에서 엘도라도만 예외로 치면 불행한 사람들만 보아왔는데 저 처녀와 수사는 행복한 피조물이라는 확신이 드는군요."

"나는 그렇지 않다고 확신하는데요." 마르틴이 말했다.

"저들에게 저녁식사를 함께하자고 하면 내 말이 틀린지 아닌지 알게 되겠지요." 캉디드가 말했다.

곧바로 캉디드는 그들에게 다가가 정중히 인사를 한 다음, 함께 마카로니와 롬바르디아 자고새 요리와 철갑상어 알을 먹고 몬테풀치아노산 포도주, 베수비오산 사향포도주, 키프로스산 포도주 그리고 사모스산 포도주를 마시러 자신의 호텔로 오라고 초대했다. 처녀는 얼굴을 붉혔고 수사는 초대에 응했다. 그녀는 캉디드를 바라보며 놀라움과 혼란이 가득한 눈으로 눈물을 흘리면서 그를 따라왔다. 그리고는 캉디드의 방으로 들어서자마자 그에게 이렇게 말했다.

"아, 이럴 수가! 캉디드 나리가 이제 파케트를 못 알아보다니요!"

그때까지 오직 퀴네공드만을 마음에 두고 있던 까닭에 그녀를 주의 깊게 보지 않았던 캉디드는 이 말에 파케트를 기억해냈다.

"저런, 가엾은 아가씨, 그러면 당신이 바로 팡글로스 박사를 그 지경으로 만들었던 사람이란 말입니까?"

"아아! 나리, 바로 저예요." 파케트가 말했다. "다 알고 계시는군요. 저도 남작 부인 댁 식구들과 퀴네공드 양에게 닥친 끔찍한 불행을 알게 되었습니다. 장담하건대 제 운명도 그보다 덜 슬프다고는 할 수 없

168

어요. 나리가 저를 보셨을 때 저는 아주 순진했답니다. 제 고해신부였던 프란체스코회 신부가 저를 손쉽게 유혹했지요. 그다음은 끔찍했습니다. 저는 남작님이 나리의 엉덩이를 발길질하고 내쫓은 지 얼마 되지 않아 성에서 나와야 했습니다. 한 유명한 의사가 저를 불쌍히 여기지 않았더라면 저는 죽었을 거예요. 저는 감사의 뜻으로 얼마 동안 의사의 정부 노릇을 했습니다. 불같은 질투에 사로잡힌 부인이 매일 사정없이 저를 때렸는데 그건 일종의 광기였지요. 그 의사는 세상 남자 중에서 가장 못생긴 사람이었습니다. 저는 제가 사랑하지도 않는 남자 때문에 쉴새없이 얻어맞았으니 세상 피조물 중에 가장 불행한 여자였지요. 성미 고약한 여자가 의사의 부인이 된다는 것이 얼마나 위험할지는 당신도 아시겠지요. 이 의사는 자기 부인이 하는 짓에 화가 난 나머지 어느 날 가벼운 감기를 낫게 한다며 너무나 효험 있는 약을 주었어요. 부인은 끔찍한 경련을 일으키더니 두 시간 만에 죽었지요. 부인의 부모가 의사를 고발하자 그는 달아났고 저는 감옥에 갔습니다. 제가 조금이라도 예쁘지 않았다면 무죄하다 해도 제 목숨을 구할 수 없었을 거예요. 한 판사가 자신이 의사의 뒤를 잇겠다는 조건으로 저를 풀어주었습니다. 하지만 저는 곧 다른 경쟁자에게 자리를 내주었고, 보상도 없이 쫓겨나서 당신네 남자들에게는 즐거워 보이지만 우리에게는 불행의 구렁텅이에 불과한 이 끔찍한 일을 계속해야만 했지요. 저는 베네치아에서도 일을 하기 위해 거리로 나섰어요. 아! 나리, 늙다리 장사치에 변호사, 수도사, 곤돌라 사공과 신부를 아무런 애정 없이 애무해야 하고, 온갖 모욕과 온갖 욕설을 들어야 하고, 구역질나는 남자가 치마를 들치게 만들 때조차 그 치마를 빌려 입어야 할 처지이고,

이놈에게서 번 것을 저놈에게 도둑맞고, 번 돈은 경찰에게 뜯기고, 요양소나 쓰레기장에서 끔찍한 노년을 보내리라는 전망밖에는 보이지 않는 것이 무엇인지 상상할 수 있다면, 나리는 제가 이 세상에서 가장 불행한 피조물이라고 결론 내리실 겁니다."

파케트는 내실에서 마르틴이 보는 앞에서 선량한 캉디드에게 이렇게 자기 마음을 털어놓았다. 마르틴이 캉디드에게 말했다. "그것 보세요. 이미 내기의 반은 내가 이긴 겁니다."

지로플레 수사는 식당에 남아서 저녁식사를 기다리며 술 한 잔을 마시고 있었다.

"하지만" 하고 캉디드가 파케트에게 말했다. "내가 당신을 만났을 때 당신은 너무나 즐겁고 만족스러워 보였습니다. 당신은 노래를 불렀고 자연스럽게 호감을 보이며 테아토 수사를 애무하고 있었지요. 당신이 불운하다고 말할 때 못지않게 당신은 행복해 보였는걸요."

"아! 나리." 파케트가 대답했다. "그것이 바로 이 직업의 비참한 일면입니다. 어제는 한 장교에게 돈을 뺏기고 매를 맞았는데 오늘은 한 수도사를 기쁘게 해주려고 기분좋은 척 굴어야 하지요."

캉디드는 더이상 듣고 싶지 않았다. 그는 마르틴이 옳았다고 솔직히 말했다. 두 사람은 파케트와 테아토 수도회 수사와 함께 식탁에 앉았다. 식사 시간은 제법 즐거웠고 식사가 끝날 무렵에는 어느 정도 서로 마음을 터놓고 대화를 나누게 되었다.

"신부님, 제가 보기에 신부님은 모든 이가 선망하는 삶을 누리는 것 같습니다. 얼굴에서는 건강한 광채가 빛나고 표정에는 행복이 드러나 있습니다. 놀이 삼아 이런 미인을 데리고 다니시고, 테아토 수도회 수사의 처지에 아주 만족하시는 듯합니다." 캉디드가 수사에게 말했다.

"사실을 말하자면, 선생님" 하고 지로플레 수사가 말했다. "테아토 수사들은 모두 바닷속에 처넣어야 합니다. 나는 백번도 넘게 수도원에 불을 지르고 터키로 귀화*하려고 했지요. 내가 열다섯 살 때 우리 부모님이 망할 놈의 큰형한테 더 많은 재산을 물려주려고 이 지겨운 수도복을 억지로 입게 했답니다. 수도원은 질투, 불화, 분노가 사는 곳입니다. 제가 돈 몇 푼 받고 시시한 엉터리 설교를 몇 번 했던 건 사실이지만, 그 돈의 절반은 수도원장이 가져가버렸고 나머지 돈은 여자와 사귀는 데 써버렸습니다. 하지만 저녁때 수도원으로 돌아가면 기숙사 벽에 머리를 마구 쫑고 싶어지죠. 동료 수사들도 모두 마찬가지이고요."

마르틴이 평상시처럼 냉정한 모습으로 캉디드를 돌아보며 말했다. "자, 이제 내가 완전히 이겼지요?" 캉디드는 파케트에게 이천 피아스터를, 지로플레에게 천 피아스터를 주었다.

"당신에게 장담하건대 이 돈을 가지면 그들은 행복해질 것입니다." 캉디드가 말했다.

"나는 눈곱만큼도 그렇게 생각하지 않아요." 마르틴이 말했다. "그돈으로 당신은 그들을 훨씬 더 불행하게 만들 겁니다."

"그럴지도 모르지요." 캉디드가 말했다. "그러나 한 가지 사실은 위안이 됩니다. 결코 다시 못 볼 줄 알았던 사람들을 종종 다시 만나게 된다는 걸 알았으니까요. 내 붉은 양과 파케트를 다시 만났으니 퀴네공드도 곧 만날 겁니다."

---

* 이슬람교로 개종한다는 뜻.

"그녀가 언젠가 당신의 행복이 되기를 바라지만 과연 그럴지 심히 의심스럽군요." 마르틴이 말했다.

"당신은 참 냉정해요." 캉디드가 말했다.

"그렇게 살아왔으니까요." 마르틴이 말했다.

"그렇지만 곤돌라를 젓는 이 사공들을 보세요. 그들은 쉬지 않고 노래하지 않습니까?" 캉디드가 말했다.

"당신은 처자식이 딸린 그들의 살림살이를 보지 못하셨지요." 마르틴이 말했다. "베네치아 총독에게는 총독의 근심이 있고, 곤돌라 사공에게는 사공의 근심이 있는 것입니다. 전체를 고려할 때 곤돌라 사공의 운명이 총독의 운명보다 좀 낫기는 하지만, 그 차이는 미미하여 생각해볼 필요도 없는 것입니다."

"브렌타 강가의 저 아름다운 성에 살고 있는 포코쿠란테 상원의원에 대해 사람들이 하는 말을 들었습니다. 외국인들을 제법 잘 대접해주고 근심걱정이 없는 사람이라더군요." 캉디드가 말했다.

"그렇게 희귀한 사람이라니 나도 한번 보고 싶네요." 마르틴이 말했다. 캉디드는 즉시 다음날 들를 수 있도록 사람을 시켜 포코쿠란테 상원의원에게 방문 허락을 받도록 했다.

25장
베네치아의 귀족 포코쿠란테 상원의원
집을 방문하다

캉디드와 마르틴은 곤돌라를 타고 브렌타 강가에 있는 포코쿠란테 의원의 성에 도착했다. 잘 손질된 정원은 아름다운 대리석 조각상으로 장식되어 있었다. 멋진 건축물이었다. 성의 주인은 예순 살의 대단한 부자로 무척 공손해 보였지만 사실 별 성의는 없는 태도로 호기심 많은 이 두 방문객을 맞이했다. 이런 태도에 캉디드는 당황했으나 마르틴은 전혀 기분 나빠 하지 않았다.

우선 잘 차려입은 어여쁜 처녀 두 명이 거품을 잘 낸 코코아를 대접했다. 캉디드는 처녀들의 아름다움과 우아함과 숙련된 솜씨를 칭찬하지 않을 수 없었다.

"제법 훌륭한 피조물이지요." 포코쿠란테 상원의원이 말했다. "나는 이따금 이들을 내 침실에 들라고 합니다. 도시 부인들의 교태, 질투, 싸움, 변덕, 유치함, 자만심, 어리석음에 지친데다가 그녀들을 위해 소네트를 지어 바치거나 짓도록 시키는 데 지쳤기 때문입니다. 하지만 결국 이 두 처녀들도 이제 몹시 지겨워지는군요."

캉디드는 점심을 먹고 난 뒤에 긴 회랑을 산책하면서 그곳에 걸려 있는 그림의 아름다움에 놀랐다. 그는 그중 가장 뛰어난 두 작품을 어느 대가가 그렸는지 물어보았다.

"그건 라파엘로의 그림입니다." 상원의원이 말했다. "몇 해 전에 내가 허영심이 동해서 아주 비싸게 사들였지요. 사람들은 그 그림이 이탈리아에서 가장 아름다운 그림이라고 말합디다만 저는 조금도 마음에 들지 않는군요. 색채가 너무 침울하고 인물 또한 충분히 풍만하지 않고 튀어오르는 듯한 생동감이 없어요. 옷 주름도 전혀 실제 천의 주름 같지 않고요. 한마디로 말해서 사람들이 뭐라든지 간에 나는 그 그림에서 자연의 진정한 모방을 발견할 수 없습니다. 내게 그림이 좋게 보이는 건 자연 그 자체를 보고 있다는 생각이 들 때뿐이지요. 그런데 그런 그림이 전혀 없군요. 그림을 많이 가지고 있지만 더이상 들여다보지는 않습니다."

포코쿠란테는 저녁식사를 기다리면서 협주곡을 연주하게 했다. 캉디드는 음악이 감미롭다고 생각했다.

"이런 소리는 삼십 분 동안은 재미있습니다만 그 이상 계속되면 사람들을 지루하게 만듭니다. 아무도 감히 그 말을 하지 않지만 말입니다. 오늘날 음악은 어려운 기교일 뿐입니다. 그런데 어렵기만 한 것은 결국 아무도 기쁘게 하지 못하지요." 포코쿠란테는 말했다.

"오페라는 이제 나를 분노하게 만드는 괴물이 되어버렸으니, 만약 오페라를 그렇게 만들어버린 비법을 사람들이 발견하지 않았다면 나는 오페라를 더 좋아했을 겁니다. 음악으로 된 형편없는 비극을 원하는 자들이 오페라를 보러 가겠지만, 오페라에서 무대란 우스꽝스러운 노래 두세 곡을 어설프게 끼워넣어 어느 여배우의 목청이나 뽐내라고 만들어졌을 뿐입니다. 그런 걸 원하거나 혹은 그럴 수 있는 사람들은 거세한 남자 가수가 카이사르나 카토 역을 맡아 노래하면서 어색한 표정으로 무대 마루판 위를 왔다갔다하는 것을 보며 만족하고 황홀해하겠지요. 나로서는 오늘날 이탈리아의 자랑이 되어 군주들이 그토록 비싼 값을 치르고 보는 이 볼품없는 오페라를 포기한 지 오래되었습니다만." 캉디드가 조심스럽게 반론을 제기했다. 마르틴은 상원의원의 의견에 전적으로 동의했다.

그들은 식탁에 앉았다. 그리고 훌륭한 저녁식사를 마친 다음 서재로 갔다. 캉디드는 근사하게 장정된 호메로스의 책을 보고 의원의 고상한 취향에 찬사를 보냈다. "이것이 바로 독일 최고의 철학자이신 위대한 팡글로스에게 기쁨이 되어주던 책입니다."

"내게는 그 책이 기쁨을 주지 않는군요." 포코쿠란테가 냉랭하게 말했다. "예전에는 그 책을 읽으면서 내가 기쁨을 느낀다고 억지로 믿었지요. 하지만 끝없이 반복되는 비슷비슷한 전투들, 결정적인 일은 아무것도 하지 않고 늘 동요하는 신들, 전쟁의 주체인데도 작품에서는 미미한 배역이 되어버린 헬레네, 아무리 공격해도 절대 함락당하지 않는 트로이, 이 모든 것이 끔찍하게 권태로운 것은 어쩔 수 없었습니다. 나는 가끔 학자들에게 나만큼이나 그 책이 지루했는지 물어보곤 합니다. 솔직한 사람들은 모두 책을 손에서 내려놓았다고 하더군요. 하지만 골동품이나 녹슨 메달을 그냥 상점에 놔둘 수 없듯이 그 책은 꼭 서재에 갖춰둬야 한다고 털어놓았습니다."

"의원님께서는 베르길리우스에 대해서도 그렇게 생각하시는 게 아닌가요?" 캉디드가 말했다.

"인정합니다." 포코쿠란테가 말했다. "그의 『아이네이스』로 말하자면 2권, 4권, 6권은 훌륭합니다만 거기 나오는 독실한 아이네이아스, 힘센 클로안투스, 충직한 아카테스, 꼬맹이 아스카니우스, 어리석은 왕 라티누스, 속물인 아마타, 따분한 라비니아 같은 등장인물들이란, 나는 그들처럼 생기 없고 기분 나쁜 인물은 또 없다고 생각합니다. 오히려 타소나 아리오스트*의 황당무계한 이야기가 더 좋지요."

"의원님, 호라티우스를 감명 깊게 읽으셨는지 감히 여쭤봐도 되겠습니까?" 캉디드가 말했다.

"사교계 인사라면 유익하게 써먹을 잠언들이 있지요." 포코쿠란테가 말했다. "그 잠언들이 힘찬 시구로 압축되어 있으면 더 쉽게 기억에 새길 수 있습니다. 그러나 나는 브룬디시움**을 여행한 이야기나 형편없는 저녁식사에 대한 묘사, '고름이 꽉 찬'이라는 표현을 즐겨 쓰는 푸필루스인지 누구인지 하는 자와 '식초에 절인'이라는 말을 즐겨 쓰는 또다른 한 사람이 종종 상스러운 말싸움을 벌이는 데 대해서는 별로 말하고 싶지 않습니다. 나는 마법사와 노파를 비난하는 그의 투박한 시구를 몹시 혐오하며 읽었을 뿐입니다. 그리고 호라티우스가 친구인 마에케나스에게 도움을 청하며 자신이 서정시인의 반열에 오르면 고

---

* 16세기 이탈리아의 시인들.
** 이탈리아의 항구도시로 오늘날의 브린디시.

상한 자기 이마로 대가들을 공격하겠노라고 말할 정도로 호라티우스에게 어떤 장점이 있다는 건지 모르겠습니다. 바보들은 존경받는 작가라고 하면 그 사람의 모든 것을 찬탄하죠. 나는 나를 위해서만 읽고 내 방식에 맞는 것만 좋아합니다."

아무것도 스스로 판단하지 말라고 교육받았던 캉디드는 그의 말에 크게 놀랐다. 마르틴은 포코쿠란테가 꽤 합리적인 사고방식을 가졌다고 생각했다.

"오! 여기 키케로가 있군요." 캉디드가 말했다. "이 위대한 작가의 작품은 당신도 지루하지 않게 읽으셨으리라 생각하는데요."

"나는 그 사람 작품은 절대 읽지 않아요." 이 베네치아인은 대답했다. "그가 라비리우스나 클루엔티우스를 변호해준 것이 나와 무슨 상관입니까? 내가 판결해야 할 소송이 제법 많습니다. 좋아한다면 그의 철학 서적들을 더 좋아할 수 있었겠지만, 그가 모든 것에 회의하는 것을 보고는 나도 그만큼은 알고 있으며 무식해지기 위해서 그 사람 책을 읽을 필요는 없다는 결론을 내렸지요."

"아! 여기 여든 권짜리 학술원 총서가 있군요." 마르틴이 외쳤다. "이 중에는 좋은 것이 있을 법합니다."

"만약 그 잡동사니의 저자들 중 한 명이 옷핀 만드는 기술이라도 발명했다면 그럴 수 있지요." 포코쿠란테가 말했다. "하지만 이 모든 책 속에는 헛된 이론만 있을 뿐 유용한 것이라고는 단 하나도 없습니다."

"여기 이렇게 많은 희곡 작품이 있군요! 이탈리아어, 스페인어, 프랑스어로 쓴 것들입니다!" 캉디드가 말했다.

"네, 삼천 편쯤 있는데 좋은 작품은 삼십여 편이 안 됩니다. 이 설교

집으로 말하자면 페이지를 다 합쳐도 세네카*가 쓴 한 페이지만 못하지요. 그리고 이 두꺼운 신학 책들은 한 번도 펼쳐보지 않았다는 것을 아시겠지요. 나도 그렇고 아무도 안 봤답니다." 상원의원이 말했다.

마르틴은 영국 책들이 놓여 있는 선반을 알아보았다. "공화주의자라면 자유분방하게 쓴 이 작품들에 대부분 감명을 받으리라 생각합니다."

"그렇지요." 포코쿠란테가 대답했다. "생각을 글로 옮긴다는 것은 멋진 일입니다. 그것은 인간의 특권이지요. 그런데 우리 이탈리아에서는 오히려 사람들이 생각하지 않는 것만 씁니다. 카이사르와 안토니우스의 조국에 살고 있는 사람들이 도미니크 수도회의 허락 없이는 자기 생각을 단 한 가지도 가지지 못하지요. 나는 영국의 천재들에게 영감을 준 자유가 마음에 듭니다. 당에 대한 열정과 당파심이 이 존중받을 만한 귀중한 자유의 의미를 모두 타락시키지 않는다면 말입니다."

캉디드는 밀턴을 찾아내고 이 작가를 위대한 사람으로 여기지 않느냐고 물어보았다.

"누구 말입니까?" 포코쿠란테가 말했다. "창세기 1장에다 딱딱한 시구로 열 권 분량의 긴 주석을 단 그 야만인 말입니까? 그리스 시인을 서투르게 모방하고 천지창조를 왜곡한 사람 말입니까? 말씀으로 이 세상을 창조한 영원한 존재를 모세가 이미 표상하고 있는데도, 구세주가 하늘의 창고에서 커다란 컴퍼스를 꺼내와 이 세상을 그렸다고 말하는 그 사람 말입니까? 나는 그자가 타소의 지옥과 악마를 망쳐놓았다

---

* 로마의 철학자이자 극작가.

고 생각합니다. 그리고 루시퍼를 두꺼비로 난쟁이로 변하게 하고, 같은 말을 백번씩 되풀이하게 만들고, 또 신학에 대한 논쟁을 벌이게 했지요. 그는 아리오스트의 희극적 발명품인 대포를 진지하게 모방하여 악마들이 하늘에다 대고 대포를 쏘게 했습니다. 나도 그렇지만 이탈리아 사람 중에는 아무도 이 씁쓸한 허풍을 좋아하지 않을 겁니다. 죄와 죽음의 결합이나 죄가 낳은 뱀들의 이야기 따위는 조금이라도 섬세한 취향을 가진 사람들이라면 모두 구역질을 할 테고, 병원에 대한 기나긴 묘사는 무덤 파는 인부들이나 좋아할 내용입니다. 이 이상하고 음울하고 혐오스러운 시는 세상에 나올 때부터 경멸받았습니다. 나는 오늘날 그 시를 그자의 고향 사람들이 취급했던 그대로 취급하는 것입니다. 물론 나는 내가 생각하는 바를 말하는 것이며 다른 사람들이 나처럼 생각하는지 어떤지는 별로 관심이 없습니다."

캉디드는 이 일장연설에 마음이 상했다. 그는 호메로스를 존경했고 밀턴도 조금 좋아했던 것이다. "이런! 이 사람이 우리 독일 시인한테도 오만한 경멸을 품지 않을까 겁이 납니다." 캉디드는 낮은 소리로 마르틴에게 말했다.

"큰 악의는 없을 것입니다." 마르틴이 말했다.

"오, 얼마나 뛰어난 인물인가!" 캉디드가 또다시 중얼거렸다. "이 포코쿠란테는 얼마나 대단한 천재인가! 그의 마음에 드는 것이 하나도 없구나!"

이런 식으로 모든 책들을 훑고 난 후에 그들은 정원으로 내려갔다. 캉디드는 정원의 아름다움에 찬사를 보냈다.

"이렇게 형편없는 취향에 대해서는 아는 바가 없군요." 주인이 말했다. "여기에는 잡동사니만 있을 뿐입니다. 내일부터는 좀더 고상한 안목으로 정원을 가꾸라고 해야겠습니다."

호기심 많은 두 방문객이 상원의원과 헤어진 다음, "그런데 말입니다" 하고 캉디드가 마르틴에게 말했다. "당신은 세상에서 가장 행복한 사람이 여기 있다는 데 동의해야겠습니다. 그 사람은 자신이 소유한 모든 것보다 한 단계 위에 있으니까요."

"당신은 그가 소유한 모든 것에 혐오감을 느끼는 모습을 보지 않았습니까?" 마르틴이 말했다. "오래전에 플라톤이 말하기를 모든 음식을 싫어하는 위장이 가장 훌륭한 위장은 아니라고 했습니다."

"하지만 다른 사람들이 아름답다고 생각하는 데서 결점을 찾고 모든 것을 비판하는 것에는 기쁨이 없는 걸까요?" 캉디드가 말했다.

"말하자면 기쁨을 갖지 않는 기쁨이 있다는 것입니까?" 마르틴이 말을 받았다.

"아, 좋아요!" 캉디드가 말했다. "그러니까 내가 퀴네공드를 다시 만난다면 나보다 더 행복한 사람은 없겠군요."

"희망을 가진다는 건 언제나 좋은 일입니다." 마르틴이 말했다.

그러나 날이 가고 달이 가도 카캄보는 돌아오지 않았다. 캉디드는 고통으로 너무나 상심하여 파케트와 지로플레가 그에게 감사의 말을 전하지 않았다는 사실도 깨닫지 못했다.

26장
캉디드와 마르틴이 여섯 명의 외국인과 함께한
저녁식사와 그 외국인들의 정체

어느 날 저녁 캉디드와 마르틴은 같은 호텔에 묵고 있는 외국인들과 함께 식탁에 앉게 되었다. 그때 얼굴이 그을음처럼 까만 한 남자가 등 뒤로 다가오더니 그의 팔을 잡고 말했다.

"우리와 함께 떠날 준비를 하십시오. 꼭 그렇게 하십시오." 그가 몸을 돌려보니 바로 카캉보였다. 퀴네공드를 보았다면 모를까, 이보다 더 그를 놀라게 하고 기쁘게 할 수 있는 일은 없었다. 그는 미치도록 기뻤다. 그는 사랑하는 친구 카캉보를 껴안았다.

"퀴네공드가 틀림없이 여기 있겠지. 어디에 있느냐? 나를 그녀에게 데려다주게. 그녀와 함께라니 너무 기뻐 죽을 지경이구나."

"퀴네공드 양은 여기 없습니다. 콘스탄티노플에 계십니다." 카캉보가 말했다.

"아, 맙소사! 콘스탄티노플이라고! 하지만 중국에 있다 해도 나는 그리로 날아갈 것이다. 자, 떠납시다."

"우리는 저녁식사를 마친 다음 떠날 예정입니다." 카캄보가 다시 말했다. "그 이상은 말씀드릴 수 없습니다. 저는 노예이고 제 주인이 기다리고 있습니다. 저는 식탁 시중을 들러 가야 합니다. 아무 말씀 마시고 저녁을 드신 후에 준비하고 계세요."

캉디드는 한편으로는 기쁘고 한편으로는 괴로웠다. 그의 충실한 대리인을 다시 보게 되어 들떴지만 그가 노예인 것이 놀라웠다. 그러나 애인을 만나리라는 생각으로 마음은 흥분되고 정신은 뒤죽박죽된 채 마르틴과 함께 식탁에 앉았다. 마르틴은 침착하게 이 모든 사태를 지켜본 다음 사육제를 지내러 베네치아에 온 여섯 명의 외국인을 바라보았다.

이들 외국인 중 한 명에게 음료를 따라주던 카캄보는 식사가 끝날 무렵 자기 주인에게 바싹 다가와 귀에 대고 이렇게 말했다. "폐하, 언제든 떠나실 수 있도록 배를 준비해두었습니다." 그런 다음 그는 방을 나갔다. 식사를 함께하던 사람들은 놀라서 한마디도 못하고 서로 바라보고만 있었다. 그때 또다른 하인 한 명이 그의 주인에게 다가와 말했다.

"폐하, 파도바에 있는 역마차로 갈 배를 준비해두었습니다." 주인이 손짓을 하자 하인은 떠났다. 식탁에 있던 사람들은 또다시 모두 서로 바라보았고 더 놀란 표정을 지었다. 세번째 하인이 또 세번째 외국인에게 다가와 말했다. "폐하, 저를 믿으십시오. 폐하께서는 더이상 이곳에 머무실 수 없습니다. 제가 모든 것을 준비하겠습니다." 그리고 이내 사라져버렸다.

그러자 캉디드와 마르틴은 이 모든 것이 사육제의 가장행렬이라고 믿어 의심치 않았다. 네번째 하인이 네번째 주인에게 다가와 말했다. "폐하, 언제든지 떠나실 수 있습니다." 그리고 다른 하인들과 마찬가지로 밖으로 나갔다. 다섯번째 하인도 다섯번째 주인에게 그렇게 말했다. 그런데 여섯번째 하인은 여섯번째 외국인에게 달리 말하는 것이었다. 그는 캉디드 옆에 앉은 자였는데 이렇게 말했다. "폐하, 사람들이 이제 폐하나 저에게 더이상 외상을 주지 않겠다고 합니다. 오늘밤에는 저희 둘 다 감옥에 갈지도 모릅니다. 저는 제 살길을 찾아봐야겠습니다. 안녕히 계십시오."

하인들이 전부 사라지고 여섯 명의 외국인과 캉디드, 마르틴은 깊은 침묵 속에 남겨졌다. 마침내 캉디드가 침묵을 깼다.

"여러분, 이상한 농담을 하시는군요. 어째서 여러분이 모두 왕이란 말입니까? 저하고 마르틴은 왕이 아님을 솔직히 털어놓아야겠습니다."

그때 카캄보의 주인이 심각한 표정을 지으며 이탈리아어로 말문을 열었다.

"나는 농담이나 하는 사람이 아닙니다. 나는 아흐메트 3세*이고 여러 해 동안 이슬람교국의 술탄이었습니다. 형의 왕위를 빼앗아 군주가 되었는데 조카가 내 왕위를 빼앗았지요. 총리대신은 참수당하고 나는 허름한 궁에서 여생을 보내게 되었습니다. 조카인 마무드 술탄이 내 건강을 위해서 가끔 여행을 허락하는데, 그래서 사육제를 지내러 베네치

---

* 터키 제국의 군주로 1703년에서 1730년까지 재위했다.

아에 온 것입니다."

아흐메트 옆에 있던 젊은 남자가 뒤를 이어 말했다.

"나는 이반*입니다. 러시아 제국의 황제였지만 요람에서 왕위를 빼앗겼지요. 부모님은 감금되었고 나는 감옥에서 자랐습니다. 가끔 나를 지키는 사람들의 호위를 받으며 여행할 수 있는데, 그래서 사육제를 지내러 베네치아에 왔습니다."

세번째 외국인이 말했다. "나는 영국의 왕 찰스 에드워드**입니다. 아버지가 내게 왕권을 물려주셨고 나는 그것을 지키느라 싸웠습니다. 나의 지지자 팔백 명은 가슴이 찢어지는 일을 당하고 뺨도 얻어맞았습니다. 나는 감옥에 갇혔었지요. 할아버지와 나와 마찬가지로 왕위를 빼앗긴 아버지를 뵈러 로마로 가는 길에 사육제를 지내러 베네치아에 왔습니다."

다음에는 네번째 외국인이 입을 열었다. "나는 폴란드의 왕***입니다. 왕위를 물려받은 내 나라를 전쟁으로 빼앗겼습니다. 내 아버지도 똑같은 불운을 당했습니다.**** 나는 아흐메트 술탄, 이반 황제, 찰스 에드워드 왕과 마찬가지로 신의 섭리에 따르기로 했으며 근근이 목숨을 부지하

---

* 이반 6세를 말한다. 태어난 다음해에 옐리자베타 여제에게 왕위를 빼앗기고 1764년 예카테리나 2세에게 암살당했다.

** 스튜어트 왕가 출신 귀족으로 영국의 마지막 가톨릭교도 왕인 제임스 2세의 손자이다. 1745년 왕위 탈환을 위해 반란을 일으켰으나 실패로 돌아가고 그의 아버지 제임스 에드워드는 로마에서 망명 생활을 하다 죽었다.

*** 아우구스트 3세를 말한다. 1756년 시작된 7년전쟁에서 프로이센에 패하고 왕위를 빼앗겼다.

**** 아우구스트 2세 역시 왕권 강화를 위해 러시아와 동맹을 맺고 북방전쟁에 참전했다가 이에 불만을 품은 귀족계급에 의해 일시 퇴위했다.

고 있습니다. 그래서 사육제를 지내러 베네치아에 왔습니다."

다섯번째 외국인이 말했다. "나 역시 폴란드의 왕*입니다. 나는 내 왕국을 두 번이나 잃었습니다. 그러나 신의 섭리로 다른 나라 하나를 얻었습니다. 사르마티아족**왕들이 비스와 강가에서 하지 못했던 일들을 나는 그 나라에서 훌륭히 해냈습니다. 저 역시 신의 섭리를 따르기로 하고 사육제를 지내러 베네치아에 왔습니다."

여섯번째 군주가 말할 차례였다. "여러분, 나는 여러분처럼 위대한 군주는 아닙니다만 나도 여러분처럼 예전에 왕이기는 했습니다. 나는 테오도르***입니다. 코르시카에서 왕으로 추대되었고 사람들은 나를 '폐하'라고 불렀습니다. 그런데 지금은 겨우 '선생'이라고 불립니다. 화폐를 주조하게 하였지만 그 화폐는 한 푼도 갖지 못했고, 예전에는 두 명의 총리대신을 두었지만 지금은 고작 하인 한 명을 데리고 있습니다. 왕관을 썼던 내가 오랫동안 런던 감옥의 짚더미에서 살아야 했습니다. 군주이신 여러분과 마찬가지로 사육제를 지내러 베네치아에 오기는 했지만 여기서도 그런 식으로 취급당할까 두렵습니다."

다른 다섯 왕들이 그에게 고상한 연민을 보이며 이 말을 듣고 있었

---

* 스타니수아프 1세를 말한다. 스웨덴 왕 칼 12세의 원조를 받아 아우구스트 2세 대신 폴란드 왕이 되었으나, 칼 12세가 러시아에게 패하자 다시 아우구스트 2세에게 왕위를 빼앗겼다. 이후 딸이 국왕 루이 15세의 왕비가 되면서 프랑스의 지지를 얻어 다시 폴란드 왕으로 즉위하지만 또다시 아우구스트 3세에게 쫓겨난다. 1738년 빈 평화조약에 의해 왕의 칭호를 유지할 수 있게 되었고 로트링겐 지방을 얻었다.
** 남러시아를 중심으로 큰 세력을 떨쳤던 고대 민족.
*** 테오도르 1세를 말한다. 원래 독일의 모험가로 제노바에 대항하던 코르시카인을 도우며 왕으로 추대되었고, 이후 제노바·프랑스 연합군에 패배하며 영국으로 피신했다. 많은 부채 때문에 런던에서 감옥살이를 하기도 했다.

다. 그들은 저마다 테오도르 왕이 옷과 내의를 마련할 수 있도록 이십 제키노를 내놓았다. 캉디드는 이천 제키노 값이 나가는 다이아몬드 하나를 선물했다.

"재력이 많아 우리보다 백배나 많은 재물을 내놓는 이 평민은 대체 누구인가, 또 누가 그것을 준 것인가?" 다섯 왕들이 말했다.

캉디드가 식사를 마치고 나오는데 역시 전쟁으로 자기 나라를 잃고 사육제를 지내러 베네치아에 온 네 명의 다른 왕들이 호텔에 도착했다. 그러나 캉디드는 이 새로운 손님들에게는 관심을 기울이지 않았다. 그는 오직 사랑하는 퀴네공드를 찾아 콘스탄티노플로 갈 생각만 하고 있었다.

27장
콘스탄티노플로 여행을 가는 캉디드

충직한 카캄보는 아흐메트 술탄이 콘스탄티노플로 돌아가는 길에 캉디드와 마르틴도 함께 배에 탈 수 있게 해달라고 터키인 선장에게 허락을 받아놓았다. 그들은 한 사람씩 가엾은 군주 앞에 무릎을 꿇어 예를 차린 뒤에 배에 올랐다. 가는 길에 캉디드가 마르틴에게 말했다.

"그러고 보니 우리는 왕위를 빼앗긴 여섯 왕과 저녁식사를 함께 했군요. 게다가 그중 한 명에게는 내가 도움도 주었고요. 어쩌면 더 불행한 군주들이 많이 있는지도 모릅니다. 나야 양 백 마리를 잃었을 뿐이고 지금은 퀴네공드의 품으로 달려가고 있으니, 친애하는 마르틴, 한 번 더 말하지만 팡글로스가 옳았습니다. 모든 것이 최선이에요."

"그러기를 바랍니다." 마르틴이 말했다.

"그런데 우리가 베네치아에서 겪었던 일은 정말이지 믿기 힘들군요.

누구도 왕위를 빼앗긴 여섯 왕이 주막에서 함께 저녁을 먹었다는 이야기는 들어본 적이 없을 것입니다." 캉디드가 말했다.

"우리가 겪는 일보다 더 특별하지도 않습니다." 마르틴이 말했다. "왕들이 왕위를 빼앗기는 일은 아주 흔합니다. 그들과 함께 저녁식사를 했다는 영광이란 별 주의를 끌만한 것도 아닌 하찮은 일이지요."

캉디드는 배에 올라타자마자 그의 옛 하인이자 친구인 카캄보의 목을 끌어안았다.

"그런데 퀴네공드는 무엇을 하고 있느냐? 여전히 놀랄 만큼 아름다우냐? 여전히 나를 사랑하느냐? 건강은 어떠냐? 콘스탄티노플에 분명 성 한 채는 사주었겠지?"

"주인님." 카캄보가 대답했다. "퀴네공드 양은 프로폰티스 해안에 있는 가진 그릇도 변변찮은 한 군주의 집에서 설거지를 하고 있습니다. 터키 제국이 하루에 삼 에퀴씩 보내주는 연금으로 살고 있는 라고치*의 집에서 노예로 일하지요. 더욱 슬픈 것은 그녀가 아름다움을 잃어버리고 끔찍하게 추해졌다는 사실입니다."

"아! 그녀가 아름답건 추하건 간에 나는 신사이니, 내 의무는 언제까지나 그녀를 사랑하는 것이다." 캉디드가 말했다. "그런데 네가 가져갔던 오륙백만 피아스터는 어디다 쓰고 어쩌다가 그렇게 비루한 처지에 떨어졌단 말이냐?"

"자초지종을 말씀드리지요." 카캄보가 말했다. "퀴네공드 아가씨를

---

* 트란실바니아 군주이자 헝가리 독립운동의 지도자. 망명지를 찾던 중 오스트리아에 맞설 군대 조직을 도와달라는 술탄의 초청으로 1717년 콘스탄티노플로 갔지만 도착 전에 평화조약이 체결되어 그의 도움은 아무 소용이 없게 되었다.

데려오는 데 부에노스아이레스의 총독 페르난도 디바라 이 피게오라 이 마스카레네스 이 람푸르도스 이 수사 경에게 이백만 피아스터를 안 줄 도리가 없지 않았겠습니까? 게다가 나머지는 해적이 몽땅 가져가지 않았겠습니까? 그 해적이 우리를 마타판 곶에서 밀로스, 이카리아, 사모스, 페트라, 다르다넬스 해협, 마르마라, 스쿠타리*로 끌고 다니지 않았겠습니까? 그리하여 퀴네공드 양과 노파는 제가 말씀드린 군주의 집에서 일하게 되었고, 저는 왕위를 빼앗긴 술탄의 노예가 된 것입니다."

"어쩌면 그렇게 무시무시한 재난들이 꼬리에 꼬리를 물고 일어난단 말인가!" 캉디드가 말했다. "그나저나 내가 아직 다이아몬드를 얼마 가지고 있으니 쉽사리 퀴네공드를 구할 수 있을 것이야. 그런데 그녀가 그렇게 추해졌다니 유감스럽구나."

그러고 나서 마르틴을 돌아보며 말했다. "아흐메트 술탄, 이반 황제, 찰스 에드워드 왕 그리고 나, 이들 가운데 가장 불행한 사람은 누구라고 생각하십니까?"

"모르겠습니다. 그걸 알려면 제가 당신 마음속에 들어가봐야 할 것입니다." 마르틴이 말했다.

"아! 팡글로스 선생님이 여기 계시다면 잘 아실 텐데. 그래서 우리에게 가르쳐주시련만." 캉디드가 말했다.

"당신의 팡글로스 선생님이 어떤 저울로 사람들의 불행을 달아보고 그들의 고통을 이해하는지 모르겠습니다. 내가 가정할 수 있는 것은

* 펠로폰네소스에서 콘스탄티노플에 이르기까지 거쳐가는 기항지들.

지상에는 찰스 에드워드 왕, 이반 황제, 아흐메트 술탄보다 더 불행한 사람이 수백만 명 있다는 사실입니다." 마르틴이 말했다.

"그럴 수 있겠지요." 캉디드가 말했다.

그들은 며칠 만에 흑해의 해협에 도착했다. 무엇보다 먼저 캉디드는 처음 몸값보다 훨씬 더 비싼 값을 치르고 카캄보를 다시 샀다. 그리고 아무리 퀴네공드가 추해졌다 하더라도 지체 없이 그녀를 찾기 위해 일행과 함께 프로폰티스 해안으로 가는 갤리선에 올랐다.

갤리선에서 노를 젓는 죄수들 중에 노 젓는 솜씨가 아주 서투른 두 명이 있었다. 이따금씩 터키인 감독관은 훤히 드러난 그들의 어깨 위를 황소 힘줄로 만든 채찍으로 내리쳤다. 캉디드는 본능적으로 다른 죄수들보다 더 주의깊게 그들을 바라보다가 측은한 마음이 들어 그들에게 다가갔다. 비록 망가지기는 했지만 얼굴에 남아 있는 윤곽이 팡글로스와 저 불행한 예수회 신부이자 남작인 퀴네공드의 오빠와 닮은 구석이 있어 보였다. 이런 생각이 들자 마음이 울컥하고 슬퍼졌다. 캉디드는 그들을 다시 한번 주의깊게 바라보았다.

"사실 말인데" 하고 캉디드가 카캄보에게 말했다. "내가 만일 팡글로스 선생님이 교수형당하는 걸 보지 않았더라면, 그리고 내가 불행히도 남작을 죽이지 않았더라면 갤리선에서 노를 젓는 저 두 사람이 그들이라고 생각했을 것이야."

남작과 팡글로스의 이름이 나오자 두 죄수가 비명을 지르며 노를 떨어뜨렸다. 감독관이 달려와서 채찍을 두 배로 내리쳤다.

"그만하시오, 그만, 감독관님. 원하시는 만큼 돈을 드리겠소." 캉디드가 외쳤다.

"뭐라고! 캉디드구나!" 죄수 한 명이 말했다.

"뭐라고! 캉디드!" 다른 한 명도 말했다.

"꿈인가 생시인가?" 캉디드가 말했다. "지금 내가 갤리선에 타고 있는 거 맞지? 이 사람은 내가 죽인 남작이잖아? 이 사람은 내가 교수형 당하는 걸 보았던 팡글로스 선생님이잖아?"

"바로 우릴세. 그래, 우리라고." 그들이 대답했다.

"뭐라고요! 그 위대한 철학자라고요?" 마르틴이 말했다.

"아! 감독관 나리," 캉디드가 말했다. "독일에서 가장 심오한 형이상학자인 팡글로스 선생과 독일 제국의 제일가는 남작 툰더 텐 트론크 경의 몸값으로 얼마를 원하시오?"

"빌어먹을 예수쟁이, 이 두 예수쟁이 죄수 녀석이 남작이고 형이상학자라니 자기 나라에서는 꽤 높은 신분들이었겠군. 오만 제키노 내시오."

"드리지요, 선생. 콘스탄티노플까지 쏜살같이 나를 데려다주시오. 그러면 그 자리에서 돈을 드리겠소. 아니지, 퀴네공드 양의 집으로 데려다주시오." 터키인 감독관은 캉디드의 첫번째 제안을 듣기 무섭게 벌써 도시를 향해 뱃머리를 돌려놓았다. 그리고 새가 공기를 가르는 것보다도 더 빠르게 노를 젓게 했다.

캉디드는 남작과 팡글로스를 수없이 껴안았다.

"어떻게 된 겁니까? 내가 당신을 죽인 게 아니었습니까, 남작님? 그리고 친애하는 팡글로스 선생님, 어떻게 교수형을 당한 후에 살아 계신 겁니까? 어째서 두 분 다 터키에서 갤리선을 타고 계신 겁니까?"

"내 사랑하는 누이가 이 나라에 있다는 것이 참으로 사실인가?" 남작이 말했다.

"네." 카캄보가 대답했다.

"그래 내가 사랑하는 캉디드를 다시 보게 되다니!" 팡글로스가 소리 쳤다. 캉디드는 그들에게 마르틴과 카캄보를 소개했다. 그들은 서로 얼싸안고 모두 한꺼번에 말을 꺼냈다. 갤리선은 빠르게 나아가 어느새 그들은 항구에 도착했다. 캉디드는 유대인 한 사람을 불러왔다. 그 유 대인은 아브라함의 이름으로 맹세하건대 더 많은 값을 쳐줄 수는 없다 고 했고, 결국 캉디드는 십만 제키노짜리 다이아몬드 하나를 오만 제 키노에 팔았다. 그리고 그 자리에서 남작과 팡글로스의 몸값을 지불했 다. 팡글로스는 자신을 풀어준 사람의 발밑에 엎드려 눈물로 발을 적 셨고, 남작은 고개를 끄덕여 고마움을 표하고는 기회가 닿는 대로 돈 을 갚겠노라고 약속했다.

"그런데 내 누이가 터키에 있다는 게 정말인가?" 그가 말했다.

"틀림없습니다. 트란실바니아 왕 집에서 그릇을 닦고 있습니다." 카 캄보가 말을 받았다. 캉디드는 곧바로 유대인 두 명을 불러 또 한번 다 이아몬드를 팔았다. 그런 다음 모두 함께 다른 갤리선을 타고 퀴네공 드를 구하러 다시 길을 떠났다.

28장
캉디드와 퀴네공드, 팡글로스, 마르틴 등에게
무슨 일이 일어났는가

"용서하십시오. 검으로 당신 몸을 찌른 저를 다시 한번 용서하십시오, 존경하는 신부님." 캉디드가 남작에게 말했다.

"더는 말하지 말게. 솔직히 나도 좀 심했다는 것을 인정하네. 어쨌든 자네가 어떤 우연으로 나를 갤리선에서 만난 건지 알고 싶어하니 내 자네에게 말해줌세. 자네에게 찔린 상처는 약사인 동료 신부에게 치료받았다네. 그후에 스페인 군대의 공격을 받고 포로가 되었지. 내가 부에노스아이레스에서 감옥에 갇힌 것은 누이가 막 떠나고 난 뒤였어. 나는 교구장 주교님이 계신 로마로 돌아가게 해달라고 청했지만 대신 콘스탄티노플에 있는 프랑스 대사의 전속 사제로 임명되었지. 내가 임무를 맡은 지 일주일도 채 되지 않았을 때인데, 저녁 무렵에 아주 잘생긴 젊은 궁정 사관 한 명을 보게 되었다네. 몹시 더운 날이었지. 그 젊은이는 목욕을 하고 싶어했어. 그가 목욕을 하는 김에 나도 따라서 목욕을 했지. 나는 젊은 이슬람교도와 함께 벌거벗고 있는 것이 기독교인에게는 중대한 죄가 된다는 사실을 몰랐다네. 이슬람교도였던 재판관은 내 발바닥을 백 대 때리게 하고는 갤리선에서 노를 저으라고 선고했네. 자고로 이보다 더 끔찍하고 부당한 일이 어디 있겠는가. 그런데 어째서 내 누이가 터키에 피신해 있는 트란실바니아 왕의 부엌에서 일하는지 알고 싶군."

"그런데 친애하는 팡글로스 선생님," 캉디드가 말했다. "어떻게 제가 당신을 다시 볼 수 있단 말입니까?"

"자네 눈앞에서 내가 교수형당한 것은 사실이야." 팡글로스가 말했다. "나는 당연히 화형에 처해질 운명이었어. 그런데 사람들이 내게 불을 지피려는 순간에 소나기가 퍼붓지 않겠는가? 폭풍이 점점 더 거세게 불어닥쳐서 그들은 불 지피는 것을 포기했고 달리 뾰족한 수가 없었으므로 나는 교수형에 처해졌지. 한 외과 의사가 내 시신을 사서 나를 자기 집으로 가져가 해부하였다네. 그는 먼저 배꼽에서 쇄골까지 십자 모양으로 내 몸을 절개했지. 그런데 저들이 정말이지 너무 엉성하게 내 목을 매달았던 거야. 종교재판소의 사형집행인은 부제였는데, 사실 말해서 사람을 화형시키는 건 놀랄 만큼 잘하지만 목을 매다는 기술은 서툴렀던 거야. 줄이 젖었으니 미끄러워서 제대로 묶이지 않았고 결국 나는 다시 숨을 쉬게 되었지. 그런데 열십자 절개를 하니까 내가 너무나 크게 비명을 질렀고, 외과 의사는 뒤로 나가자빠졌다네. 악마를 해부했다고 생각한 그는 겁에 질려 달아나다가 계단에서 다시 넘어졌지. 그 소리를 듣고 부인이 옆방에서 달려나왔는데, 열십자 절개를 하고 침상에 누워 있는 나를 보더니 남편보다 더 놀라서 달아나다가 남편 위에 넘어졌어. 두 사람은 잠시 뒤에 정신을 차렸지. 그러더니 부인이 외과 의사에게 하는 말이 들리더군.

'여보, 어쩌자고 이교도를 해부하려고 하셨어요? 그런 사람들의 몸에는 꼭 악마가 깃들어 있다는 걸 모르세요? 빨리 가서 악마를 내쫓을 신부님을 찾아야겠어요.' 이 말을 듣고 나는 등골이 오싹해져서 남은 힘을 끌어모아 '저를 불쌍히 여기소서!' 하고 외쳤지. 결국 포르투갈인 이발사가 용기를 내어 내 살을 다시 꿰매주었고 그의 부인도 나를 돌봐주었다네. 그래서 이 주일이 지났을 때는 일어설 수 있게 되었어. 이발사가 내게 하인 자리를 구해줘서 나는 베네치아로 가는 몰타 기사단원의 시종이 되었다네. 그런데 내 주인 될 기사가 나를 고용할 능력이 되지 않아서 나를 베네치아 상인에게 넘긴 거야. 그 바람에 새 주인을 따라 콘스탄티노플까지 오게 된 거지.

어느 날 나는 문득 이슬람 사원에 들어가봐야겠다는 헛된 생각이 들었다네. 사원 안에는 늙은 이슬람 사제와 아주 귀여운 젊은 여신도 한 명만이 기도하고 있었어. 여자는 가슴팍이 훤히 드러난 옷을 입고 튤립과 장미와 아네모네, 히아신스, 미나리아재비로 만든 꽃다발을 젖무덤 사이에 들고 있었지. 그러다 그녀가 그 꽃다발을 떨어뜨렸는데 내가 그걸 주워 아주 정중하고 친절하게 그녀에게 도로 안겨주었어. 그런데 그렇게 하는 데 너무 시간이 오래 걸리니까 이슬람 사제가 화를 내는 거야. 그러더니 내가 기독교인임을 알아차리고는 소리쳐 사람을 부르더군. 사람들이 나를 이슬람교도 재판관에게 데려갔는데 그자가 내 발바닥을 백 대 때리게 하고 나를 갤리선으로 보낸 것이라네. 나는 남작이 탄 바로 그 갤리선에서 남작과 같은 대열에 섞여 사슬에 묶이게 되었지. 갤리선 안에는 마르세유 출신의 젊은이 네 명과 나폴리 출신 사제 다섯 명, 케르키라 섬 출신 수도승 두 명이 더 있었는데, 그들 말로는 매일 비슷한 일이 일어난다고 하더군. 남작은 자기가 나보다 더 억울하게 부당한 판결을 받은 것이라고 주장하고, 나는 벌거벗은 채 이슬람 왕실의 시종무관과 있었던 것보다는 여자의 가슴에 꽃다발을 다시 놓아준 것이 훨씬 더 타당한 일이라고 주장하고 있었네. 우리는 계속 말싸움을 하다가 종종 하루에 채찍 스무 대씩을 맞곤 했지. 그런데 자네가 이 세상에서 일어나는 사건들의 연결고리를 따라 우리 갤리선까지 이끌려와서 우리를 구해주게 된 것이라네."

"그렇다면 친애하는 팡글로스 선생님, 선생님께서 교수형을 당할 때, 해부를 당할 때, 매질을 당할 때 그리고 갤리선에서 노를 저을 때, 그때도 여전히 모든 것은 최선의 세상을 향해 나아가고 있다고 생각하셨습니까?" 캉디드가 팡글로스에게 말했다.

"내 생각에는 변함이 없네." 팡글로스가 대답했다. "왜냐하면 결국 나는 철학자니까 자기가 한 말을 부인하는 것은 내게 어울리지 않고 라이프니츠가 틀린 말을 했을 리도 없으니까 말이야. 특히 예정된 조화*는 '충만한 진공'과 '미세 물질'**과 마찬가지로 이 세상에서 가장 멋진 개념이기 때문이라네."

---

* 라이프니츠가 주장한 예정조화설의 기초 개념이다. 이는 세계는 각각 독립된 존재 단위인 단자(單子)로 이루어지며 이 단자들은 미리 신(神)에 의하여 전체의 조화가 예정되어 있다는 학설이다.
** 데카르트의 철학 용어로 그는 우주 공간이 미세 물질로 꽉 채워져 있다고 보았다.

29장
캉디드는 어떻게 퀴네공드와
노파와 재회했는가

    캉디드와 남작, 팡글로스, 마르틴, 카캄보가 자신들의 모험담을 이야기하고, 이 세상의 우연한 사건과 우연하지 않은 사건에 대해 따져 보고, 원인과 결과에 대해, 정신적인 악과 육체적인 악에 대해, 자유와 필연에 대해, 그리고 터키의 갤리선에서 일할 때 맛보았던 위안에 대해 토론하는 사이, 그들은 프로폰티스 해안에 있는 트란실바니아 군주의 집에 도착했다. 그들의 눈에 처음 띈 모습은 빨랫줄에 수건을 널어 말리고 있는 퀴네공드와 노파였다.

    남작은 이 광경을 보고 얼굴이 창백해졌다. 퀴네공드의 다정한 연인인 캉디드는 아름다운 그녀가 검게 그을리고 눈이 충혈되고 목이 쭈글쭈글해지고 볼은 주름지고 두 팔이 벌겋게 튼 모습에 두려움을 느끼고 세 걸음 뒤로 물러섰다가 곧 예의바른 태도로 퀴네공드에게 다시 다가

갔다. 그녀는 캉디드와 오빠를 껴안았고 그들은 또 노파를 껴안았다. 캉디드는 두 사람의 몸값을 다 지불했다.

이웃에는 조그만 농가가 있었는데, 노파는 캉디드에게 모두들 운이 좋아지길 기다리면서 그곳에 마음 붙이고 살아보자고 했다. 퀴네공드는 자신이 추해진 것을 모르고 있었다. 아무도 그녀에게 그 사실을 일러주지 않았던 것이다. 그런 퀴네공드는 너무나 단호한 어조로 캉디드에게 약속을 상기시켰고, 선량한 캉디드는 감히 거절하지 못했다. 그래서 그는 남작에게 그의 누이와 결혼하려 한다고 말했다.

"자네의 천한 신분과 자네의 무례함을 난 절대로 용납할 수 없네." 남작이 말했다. "이런 모욕적인 말을 한다고 나를 비난할 사람은 아무도 없을 걸세. 자네와 결혼하면 내 누이의 아이들은 독일 참사회에 들어갈 수 없을 테고. 안 될 말일세. 기필코 내 누이는 제국의 남작과 결혼해야 해." 남작이 말했다. 퀴네공드가 그의 발밑에 엎드려 눈물로 발을 적셨지만 그는 뜻을 굽히지 않았다.

"이 정신 나간 양반, 내가 당신을 갤리선에서 빼내주고 당신 몸값을 지불하고 당신 누이 몸값도 지불했습니다. 그녀는 여기서 설거지나 하는 신세로 전락했고 이제는 추하게 변했어요. 그래도 나는 선의에서 아내로 삼겠다고 했는데, 당신이 아직도 우리 결혼을 반대하다니요! 화가 치미는 대로 한다면 다시 또 당신을 죽일지도 모르겠습니다." 캉디드가 말했다.

"다시 죽여보게." 남작이 말했다. "아무리 그래도 내가 살아 있는 한 자네는 내 누이와 결혼할 수 없을 것이야."

30장
결말

    사실 캉디드는 퀴네공드와 결혼할 마음이 조금도 없었다. 그러나 무례하기 짝이 없는 남작의 태도 때문에 결혼을 결심한데다 퀴네공드가 적극적으로 밀어붙여서 자신의 말을 번복할 수가 없었다. 그는 팡글로스, 마르틴 그리고 충직한 카캄보와 의논했다. 팡글로스는 뛰어난 기억력을 발휘하여 남작은 자기 누이에 대해 아무런 권리가 없으며, 퀴네공드는 신분 차이가 난다 해도 제국의 모든 법률에 따라 캉디드와 결혼할 수 있음을 설명했다. 마르틴은 남작을 바다에 던지자는 말로 이야기를 끝냈다. 카캄보는 남작을 갤리선 감독관에게 도로 데려가서 갤리선에 태운 다음 첫 배편으로 로마의 교구장 신부에게 보내자고 했다. 모두 그 생각이 좋다고 했고 노파도 동의했지만 남작의 누이에게는 아무 말도 하지 않았다. 얼마의 돈으로 그 일은 잘 처리되었고, 그들은 예수회 신부를 골탕 먹이고 독일 남작의 오만을 벌하는 쾌감을 맛보았다.

그토록 많은 재앙을 겪은 후에 연인과 결혼하게 되었고 철학자 팡글로스, 철학자 마르틴, 신중한 카캄보 그리고 노파와 함께 살게 되었을 뿐 아니라 고대 잉카 제국에서 많은 다이아몬드를 가져왔으니, 이제 캉디드가 세상에서 가장 행복하리라고 상상하는 것은 너무도 당연한 일이다. 그러나 유대인에게 너무 큰 사기를 당해서 그에게 남아 있는 것은 작은 농가뿐이었다. 그의 아내는 하루하루 더 추해져갔고 성질은 까다롭고 견디기 어려울 지경이 되었으며, 노파는 불구가 되어 퀴네공 드보다 더 못된 성격으로 변해버렸다. 카캄보는 정원에서 일하며 콘스탄티노플로 채소를 팔러 다녔는데, 노동이 힘에 부쳐 종종 자기 운명을 저주했다. 팡글로스는 독일의 대학이 자신을 알아주지 않는다며 절망에 빠졌다. 마르틴은 사람은 어디서나 똑같이 불행하다는 확신을 더욱 굳히게 되었고, 인내심을 가지고 이 상황을 받아들였다. 캉디드와 마르틴, 팡글로스는 가끔 형이상학과 도덕에 관해 토론을 벌였다. 가끔은 농가 창문 아래로 터키 고관과 지방 군수 그리고 이슬람교회 재판관을 태운 배가 지나가는 것이 보였다. 그들은 림노스나 미틸레네, 에르제룸 등으로 유배를 떠나는 길이었다. 쫓겨난 사람들의 자리에 오른 새로운 터키 고관과 지방 군수, 이슬람교회 재판관이 오는 것도 보았지만 때가 되면 그들 역시 쫓겨났다. 박제한 사람 머리를 터키 제국에 상납하러 가는 모습도 보았다.* 이러한 광경들을 볼 때면 토론을 더

---

* 터키에서는 역모가 발각되면 주모자의 머리를 잘라 술탄에게 바치도록 했는데 멀리 떨어진 지방에서는 박제를 해서 보냈다고 한다.

많이 했는데, 어떤 때는 노파가 이렇게 말할 정도로 토론 없이는 너무나 지루했다.

"어떤 게 더 최악의 상황인지 모르겠군요. 검둥이 해적들한테 백번 겁탈당하는 것, 한쪽 엉덩이를 잘리는 것, 불가리아인에게 몽둥이찜질을 당하는 것, 종교 화형식에서 죽도록 매맞은 다음 교수형당하는 것, 교수형당한 후에 다시 해부당하는 것, 그리고 갤리선에서 노를 젓는 것, 결국 우리 모두가 겪었던 온갖 불행을 맛보는 것과 여기서 아무것도 하지 않는 것 중에서 말입니다."

"어려운 문제로군요." 캉디드가 말했다.

이 말을 듣고 다들 새로운 성찰을 시작했다. 특히 마르틴은 인간은 불안의 격동 속에 살거나 아니면 권태의 혼수상태 속에서 살기 위해 태어났다고 결론지었다. 캉디드는 그 말에 동의하지 않았지만 아무것도 확신하지는 못했다. 팡글로스는 자신은 언제나 끔찍할 정도로 고통을 겪었지만 일단 모든 것이 최선을 향해 나아가고 있다고 강변한 이상 계속 그것을 주장했는데, 사실은 아무것도 믿지 않았다고 털어놓았다.

그런데 마침 어떤 일이 일어나 마르틴은 혐오스러운 자신의 원칙을 더욱 확신하게 되었고, 캉디드는 그 어느 때보다 더 망설이게 되었으며, 팡글로스는 당황해했다. 어느 날 농가에 파케트와 지로플레 수사가 그보다 더 비참할 수 없는 상태로 나타났던 것이다. 그들은 삼천 피아스터를 순식간에 탕진하고 서로 헤어졌다가 다시 화해한 뒤 또다시 싸우고 감옥에 갔다가 도망쳤으며, 마침내 지로플레 수사는 터키에 귀화했고 파케트는 어디서나 몸 파는 일을 계속했는데 이제는 그 짓도 더이상 돈벌이가 안 된다고 했다.

"내가 그럴 줄 알았습니다." 마르틴이 캉디드에게 말했다. "당신이 준 돈이 곧 바닥날 거고 그들을 더욱 비참하게 만들 뿐이라고 내가 말했지요. 당신과 카캄보는 수백만 피아스터를 넘치도록 가지고 있었지만 지로플레 수사나 파케트보다 더 행복하지도 않아요."

"아! 하늘이 너희를 이리로, 우리에게로 인도했구나, 가엾은 것! 네가 내 코끝과 한쪽 눈, 한쪽 귀를 이렇게 만들었다는 것을 알고 있느냐? 네 꼴은 또 이게 뭐냐! 아! 이 세상일이란 어떻게 돌아가는 것이냐!" 팡글로스가 파케트에게 말했다. 이 새로운 사건으로 그들은 전보다 더 많이 철학 토론을 하게 되었다.

터키에서 가장 훌륭한 철학자로 통하는 아주 유명한 이슬람교 수도승이 이웃에 살고 있었다. 그들은 그의 고견을 들으러 갔다. 팡글로스가 대표로 말문을 열었다.

"선생님, 인간이라는 이상한 동물이 무엇을 위해 만들어진 것인지 저희에게 한말씀 해주십사 청하러 왔습니다."

"너는 무엇 때문에 그런 일에 마음을 쓰느냐? 그게 네 일이냐?" 수도승이 말했다.

"하오나 존경하는 승려님," 하고 캉디드가 말했다. "이 지상에는 끔찍하게도 많은 악이 있습니다."

"선이 있건 악이 있건 무슨 상관이냐?" 수도승이 말했다. "지체 높은 분이 이집트로 배 한 척을 보낼 때 배 안에 생쥐들이 편안한지 않은지를 염려하겠느냐?"

"그렇다면 어찌해야 합니까?" 팡글로스가 말했다.

"침묵해야 한다." 수도승이 말했다.

"원인과 결과에 대해, 가능한 최선의 세상에 대해, 악의 근원에 대해, 영혼의 본성과 예정 조화에 대해 우리와 함께 좀 논해주십사 간청드리는 바입니다." 팡글로스가 말했다. 수도승은 이 말을 듣더니 면전에서 문을 쾅 닫아버렸다.

그들이 이런 대화를 하는 동안 콘스탄티노플에서는 대신 두 명과 이슬람 교리해석가 한 명이 목 졸려 죽었고 그의 동료 여럿도 말뚝에 박혀 죽었다는 소식이 들려왔다. 이 참사로 도처에서 몇 시간 동안 커다란 소요가 일어났다. 팡글로스와 캉디드, 마르틴은 작은 농가로 돌아오는 길에 문 앞의 오렌지나무 그늘에서 선선한 바람을 맞고 있는 선한 노인 한 사람을 만났다. 팡글로스는 추론을 좋아하는 만큼 호기심도 많았으므로 그 노인에게 방금 목 졸려 죽었다는 이슬람 교리해석가의 이름을 물어보았다.

"나는 그에 대해서는 아무것도 모르오." 선한 노인이 대답했다. "나는 어떤 이슬람 교리해석가의 이름도, 어떤 대신의 이름도 알았던 적이 없소. 당신이 말한 사건에 대해 나는 아무것도 모른다오. 나는 보통 공공연한 사건에 끼어드는 사람들이 종종 비참하게 죽는다고 생각하오. 그래서 콘스탄티노플에서 사람들이 하는 짓거리에 대해 나는 전혀 알려고 들지 않소. 나는 내가 가꾸는 정원의 과일을 그곳에 내다파는 것으로 만족한다오." 이 말을 하더니 노인은 이방인들을 자기 집으로 들어오라고 했다. 두 딸과 두 아들이 직접 만든 여러 종류의 셔벗과 절인 레몬껍질을 박은 카이막*과 오렌지, 레몬, 파인애플, 피스타치오, 그리고 바타비아나 제도의 저질 커피는 조금도 섞이지 않은 모카커피를 내왔다. 그러고 나서 그 선한 이슬람교도의 두 딸은 캉디드와 팡글로스, 마르틴의 수염에 향수를 뿌려주었다.

"넓고 비옥한 땅을 갖고 계신가봅니다." 캉디드가 터키 노인에게 물었다.

"20에이커밖에 안 된다오. 그 땅을 아이들과 함께 경작하고 있지요. 노동을 하면 우리는 세 가지 악에서 멀어질 수 있으니, 그 세 가지 악이란 바로 권태, 방탕, 궁핍이라오."

캉디드는 집으로 돌아오면서 터키 노인이 한 말에 대해 깊이 생각해보았다. 그러고는 팡글로스와 마르틴에게 이렇게 말했다. "그 선한 노인이 우리가 영광스럽게도 저녁을 함께했던 여섯 왕보다 더 나은 운명을 만들어가는 듯합니다."

"모든 철학자들이 하는 말을 들어보면 권세란 아주 위험한 것이네." 팡글로스가 말했다. "모아브의 왕 에글론은 에훗에게 암살당했고, 압살롬은 머리카락이 나무에 걸려 투창 세 자루에 찔려 죽었고, 여로보암의 아들인 나답 왕은 바아사에게 죽임을 당했고, 엘라 왕은 시므리에게, 아하시야 왕은 예후에게, 아달랴 여왕은 여호야다에게 죽임을 당했지. 또 엘리아킴 왕, 여호야긴 왕, 시드기야 왕**은 노예가 되었다네. 자네는 크로이소스, 아스티아게스, 다리우스, 시라쿠사의 디오니시우스, 피로스, 페르세우스, 한니발, 유구르타, 아리오비스투스, 카이사르, 폼페이우스, 네로, 오토, 비텔리우스, 도미티아누스, 그리고 영국의 리처드 2세, 에드워드 2세, 리처드 3세, 메리 스튜어트, 찰스 1세, 그

---

* 터키식 셔벗.
** 모두 구약성경에 나오는 이스라엘의 왕들이다.

리고 프랑스의 세 명의 앙리*와 하인리히 4세가 모두 어떻게 죽었는지 알고 있지 않은가? 자네도 알다시피……"

"저도 알고 있습니다." 캉디드가 말했다. "우리는 우리의 정원jardin을 가꾸어야 해요."

"자네 말이 맞네." 팡글로스가 말했다. "신이 인간을 에덴 동산le jardin d'Eden에 살도록 한 것은 그곳을 가꿀 관리자로서 있으라는 뜻이었지. 그것이 바로 인간이 휴식을 위해 태어나지 않았음을 증명하는 것일세."

"이러쿵저러쿵 따지지 말고 일합시다. 그것이 인생을 견딜만하게 해주는 유일한 방법이에요." 마르틴이 말했다.

이 작은 사회의 구성원은 모두 이런 칭찬할만한 계획에 뜻을 함께하여 저마다 자기 재능을 발휘하기 시작했다. 조그만 땅이 많은 수확을 가져다주었다. 사실 퀴네공드는 추해지긴 했지만 빵과 과자를 훌륭하게 구워냈다. 파케트는 수를 놓았고 노파는 빨래를 맡았다. 도움이 되지 않는 사람은 없었으니, 지로플레 수사까지도 훌륭한 목수가 되었고 더 나아가 신사이기까지 했다. 팡글로스는 가끔 캉디드에게 말했다.

"모든 사건들은 가능한 최선의 세상 안에서 서로 연결되어 있다네. 왜냐하면 결국, 만일 자네가 퀴네공드를 사랑했다는 이유로 엉덩이를 발로 차이고 아름다운 성에서 쫓겨나지 않았다면, 만일 자네가 종교재판에 회부되지 않았다면, 만일 자네가 아메리카 대륙을 누비고 다니지 않았다면, 칼로 남작을 찌르지 않았다면, 엘도라도 낙원에서 끌고 온

---

* 앙리 2세, 앙리 3세, 앙리 4세를 가리킨다.

양들을 잃어버리지 않았다면, 여기서 이렇게 설탕에 절인 레몬과 피스타치오 열매를 먹지 못했을 테니까 말이야."

"참으로 맞는 말씀입니다." 캉디드가 대답했다. "하지만 우리의 정원은 우리가 가꾸어야 합니다."

이성의 빛으로 무장한 불온한 정신

행동하는 지식인 볼테르

지식인의 역할에 대해 성찰했던 미셸 푸코는 볼테르를 보편적 지식인의 대표로 칭한 바 있다. 지식이 고도로 세분화되고 전문화된 오늘날에는 지식인의 역할도 과거와는 다르겠지만, 어느 시대에서나 공통되는 지식인의 요건이 권력에 대한 비판적 시선과 사회적 약자를 보호하려는 의지, 정당한 권리와 자유를 위한 투쟁이라 한다면 볼테르야말로 삶 속에서 행동하는 지식인의 모습을 보여주었다고 할 수 있다.

볼테르에게는 시인, 극작가, 역사가, 철학자라는 다양한 타이틀이 따라다닌다. 실제로 그는 많은 극작품과 서사시를 썼다. 그의 비극은 라신의 후계자라는 평가를 받았고 서사시는 호메로스와 비교될 정도로 성공을 거두었다. 역사서 분야에서도 『칼 12세의 역사』 『루이 14세의 세기』 등의 저서로 고대의 역사가 아닌 거의 동시대의 역사에 접근

하는 새로운 시도를 감행했다. 그뿐만 아니라 프랑스의 사료 편찬관으로서 많은 자료를 남겼다. 하지만 볼테르의 수많은 작품 중에서 현대성과 생명력을 갖는 것은 극작품이나 역사서가 아니라, 익명이나 필명으로 시인이자 극작가인 자신에게 어울리지 않는다고 생각해서 발표했던 많은 철학 콩트들과 매일 아침마다 써서 유럽 각국의 지인들에게 보냈던 4만 통에 이르는 편지들, 간편한 형식으로 편리하게 휴대하고 보급하도록 하여 지적 투쟁의 무기로 삼았던 소책자들이다. 볼테르는 여타의 철학자들처럼 인간의 본성이나 세계의 현상을 설명할 수 있는 새로운 개념이나 체계를 제시하지는 않았지만 철학자의 새로운 태도를 제시했다. 그는 이성의 고귀한 힘을 옹호하며 모든 권위와 신념, 지식을 시험대에 올려놓았으며 광신과 불의를 고발하고 인류의 보편적 가치들을 위해 펜으로써 공론을 제기하고 이끌어갔다. 바로 이러한 태도가 행동하는 지식인이라는 평가에 값하는 것이리라.

볼테르가 태어난 시기는 절대군주 루이 14세가 통치하던 시절이었고, 신앙의 자유를 허락했던 낭트칙령이 폐지되어 오직 하나의 종교만이 허용되던 시대였다. 이러한 시대에 볼테르는 뛰어난 지성과 특유의 독설로 모든 권위에 의문을 제기하고 권력을 비웃으며 기존의 관념들을 풍자하고 조롱했다. 그때까지 절대적인 종교와 권력을 그처럼 노골적으로 비아냥댄 사람은 없었다. 또한 볼테르는 평생 교회와 성직자들의 그릇된 권위와 광신을 공격했다. 언제나 불경함은 그의 죄목이었고 권위를 겁내지 않는 불온하고 신랄한 태도는 그만의 개성이었으며 날렵하게 치고 빠지는 재치와 빈정거림은 그의 문체의 뼈대를 이루었다.

"나는 행동하기 위해 쓴다"라고 말했던 볼테르지만 처음 문필 생활을 시작한 것은 출세하기 위해서였다. 볼테르는 귀족들이 특권적 지위를 누리던 시절에 부르주아 집안에서 태어났다. 그의 꿈은 사교계를 주름잡고, 성공한 극작가가 되어 부를 얻는 것이었다. 볼테르는 스물네 살에 섭정 오를레앙 공을 비방한 시를 썼다는 죄목으로 11개월간 감옥살이를 하면서 집필한 〈오이디푸스〉를 시작으로 84세의 나이로 파리로 돌아와 죽기 몇 달 전에 〈이렌〉을 완성할 때까지 끊임없는 작품 활동을 했다. 그는 글을 써서 원하던 명성을 얻었고 종잣돈을 모아 큰 재산을 만들었으며 그의 작품들은 70권의 전집으로 남았다. 볼테르의 서거 100주년이 되었을 때 빅토르 위고는 추도사에서 이렇게 말했다. "볼테르만이 모든 사회 불안 요소들이 서로 맞물려 있는 이 거대하고 무서운 세상과의 투쟁을 수락했다. 그의 무기는 무엇이었는가? 바람처럼 가볍고 천둥처럼 강력한 무기, 그것은 펜이었다. 그는 이 무기로 싸웠고 승리했다."

만약 볼테르가 작가로서의 명성이 정점에 올랐던 64세에 「캉디드 혹은 낙관주의」를 쓰고 만족해서 안주했더라면 오늘날 우리가 기억하는 투사로서의 볼테르는 없었을 것이다. 그러나 '칼라스 사건' 등 이후의 활동들로 인해 후세 사람들은 볼테르를 종교적 광신에 희생된 사람들을 위해 일했던 투사, 행동하는 지식인으로 기억하게 되었다. 툴루즈 지방의 칼라스라는 신교도의 아들이 가톨릭으로 개종하려던 전날 목을 맨 시체로 발견된다. 이에 칼라스가 아들의 개종을 반대해 살해했다는 누명을 쓰고 거열형에 처해진 사건이 발생했다. 사건의 경위를 전해 들은 볼테르는 광신이 빚은 비극임을 알아차리고 칼라스의 무죄를 증명하기 위해 발 벗고 나섰다. 68세의 나이에 새로운 사회적 역할을 받아들이고 거기에 투신한 것이다. 칼라스 사건을 필두로 볼테르는 종교의 이름으로 자행된 폭력에 맞서서 제도를 문제 삼고 인간의 보편적 가치와 관용의 원칙을 수호하는 데 앞장섰다.

볼테르는 파리에서 태어나 파리에서 죽었지만, 파리에서 보낸 시간은 그리 길지 않다. 그의 생애를 되짚어보면 언제나 망명 아닌 망명으로 고향에 정착하지 못하고 이리저리 떠돌아야 했던 논객의 고단함을 짐작해볼 수 있다. 권력을 공격한 대가로 늘 권력의 횡포를 피해 멀리 달아나야 했기 때문이다. 감옥행 대신 택했던 영국에서의 3년, 『철학편지』 출간 이후 체포의 위협을 피해 시레에서 은둔했던 10년, 프리드리히 2세의 초청으로 프로이센에서 체류했던 3년뿐 아니라, 그 사이사이에 네덜란드, 스위스, 벨기에 등 각지로 피신하며 살았던 그의 삶은 실로 파란만장했다. 마침내 1758년 64세의 볼테르는 "한 발은 스위스에, 한 발은 프랑스에 걸친 채 여차하면 도망갈 수 있도록" 프랑스와 스위스 국경 근처에 있는 페르네에 영지를 매입하고 정착한다. 볼테르가 권력에 굴복하지 않고 자신의 진영을 구축하고 그나마 표현의 자유를 누릴 수 있었던 데는 그가 가진 재력의 힘이 컸다. 공증인 아버지로부터 물려받은 유산은 형에게 모두 주어버리고, 볼테르는 오로지 투기와 사업으로 재산을 모았다. 사람들에게 은행가의 영혼을 지녔다는 말을 들을 정도였다. 그는 젊은 시절부터 돈의 힘과 상업의 중요성을 알고 있었으며 "통치의 기술은 시민 계층에게 최대한 많은 돈을 갖게 해서 다른 계층에게 돈을 나눠줄 수 있도록 하는 것"이라고 생각할 만큼 시민 계층의 중요성을 간파하고 있었다. 그는 황무지나 다름없는 페르네로 이주민을 받아들이고 그들에게 일거리를 주려고 시계 수공업, 양

잡업 등의 사업을 벌였다. 80권짜리 학술원 총서를 잡동사니라고 칭하면서 저자 중 어느 한 사람이 옷핀 만드는 기술이라도 발명했더라면 좋았을 것이라고 빈정댄 「캉디드 혹은 낙관주의」의 장면에서도 알 수 있듯이 볼테르는 실용 정신의 소유자였다.

볼테르는 사치와 쾌락을 옹호하는 등 있는 그대로의 인간성을 긍정했고 그 인간성의 지리멸렬함도 인정했지만 그래도 전체적으로 바라봤을 때 인간성은 이성이 지배하는 이상적 사회를 향해 진보해간다는 믿음을 지니고 있었다. 볼테르가 현대 사회에 나타난다면 볼테르답게 어떤 유머러스한 독설을 퍼부을지 자못 궁금해진다. 사회적 종교적 문화적 갈등이 첨예한 오늘의 세계에서 그의 비판과 관용의 정신은 여전히 유효하다.

우주의 미물인 인간의 오류와 지혜에 관한 성찰, 「미크로메가스」

「미크로메가스」의 집필 연대에 대해서는 논란이 있다. 「미크로메가스」가 출판된 시기는 1752년이지만 여러 정황으로 볼 때 1739년에 집필되었다는 주장이 정설로 받아들여지고 있다. 외계에서 온 거인 미크로메가스가 난파선의 학자들과 만나는 이야기가 나오는데, 실제로 모페르튀이의 학술조사단이 난파를 당한 때가 1737년이었고 그 무렵 볼테르가 깊은 관심을 가졌던 뉴턴 철학이 「미크로메가스」에 반영되어 있기 때문이다.

「미크로메가스」는 '철학 이야기'라는 부제가 말해주듯이 독특하고 자유로운 형식 안에 심오한 철학 주제들을 담고 있다. 외계인의 여행이라는 신선한 소재를 통해 우주 안에서 인간이란 어떤 존재이며 인간에게는 어떤 지혜가 필요한지, 그리고 인간의 능력과 인간의 오류, 과학의 진보와 행복한 삶에 대해 질문을 던지고 있다.

인간이 다섯 개의 감각을 가진 데 비해 일흔두 개의 감각이 있는 토성인과 천 개의 감각이 있는 시리우스인이 함께 우주를 여행하다 지구에 온다는 내용의 이야기다. 여기서 시리우스인 미크로메가스는 매우 이성적인 철학자인 데 비해 토성인은 곧잘 오류를 범하는 철학자이다. 이야기는 크게 미크로메가스와 토성인의 대화, 이들과 인간이 나눈 대화로 이루어져 있다.

미크로메가스는 시리우스 별의 궁정에서 추방당하고 우주를 여행하며 우주의 다양함에 눈뜬 철인哲人이다. 실제로 미크로메가스는 궁정에서 추방당하고 여러 곳을 떠돌았던 볼테르의 분신이라고 볼 수 있다. 미크로메가스는 우주에서 자신보다 훨씬 더 열등한 존재와 훨씬 더 우월한 존재들을 만나게 되는데 '작다'와 '크다'를 뜻하는 그리스어의 합성어인 미크로메가스는 이러한 상대성을 함축하고 있으며 미크로메가스와 동행하는 토성인 둘 사이에도 역시 크고 작음의 상대성이 있다. 토성인은 미크로메가스에 비하면 난쟁이지만 토성인도 인간에 비하면 거인이다. 인간은 이들에 비하면 미물이지만 지성을 사용할 때는 "무한히 큰 것과 마찬가지"로 대단한 존재가 되기도 한다. 그러나 인간의 정신이 언제나 올바르게 사용되는 것은 아니다. 미크로메가스의 목소리를 듣고 놀란 인간들의 반응은 알 수 없는 신비 앞에서 인간이 대처하는 모습이기도 하다. 볼테르는 그러한 모습을 "사제는 구마경을 외웠고 선원들은 욕설을 했으며, 철학자들은 체계를 세웠다"고 경쾌한 어조로 풍자한다.

「미크로메가스」는 철학 이야기답게 우리가 오류에 빠지는 몇 가지 사례들을 보여준다. 볼테르는 영국 망명 이후 경험과 관찰에 근거하여 진리를 추구하는 방법의 중요성을 깨닫고 있었다. 미크로메가스와 토성인이 나누는 대화에서 미크로메가스는 자연은 무엇과 같다는 비유로 자연을 설명하려는 토성인을 제지하며 재미있는 비유보다는 확실한 지식을 원한다고 말한다. 그러나 관찰 역시 진리를 보장해주는 것은 아니다. 아무것도 보지 못했다는 이유로 지구에 아무것도 살지 않는다고 성급하게 단정짓는 토성인에게 미크로메가스는 그것은 잘못된 추론임을 일깨워준다. 자신의 눈에는 분명하게 보이는 작은 별들이 토성인의 눈에는 보이지 않는다고 해서 그 별들이 존재하지 않는 거냐고 되묻는다. 미크로메가스는 자신은 여행하면서 다양성에 눈떴기 때문에 그런 오류를 피할 수 있다고 말한다. 그러다 고래 한 마리를 보게 된 토성인은 다시 성급하게 이곳에는 고래만 살 거라고 판단한다. 결국, 이야기의 화자인 볼테르가 한마디한다. "그는 겉모습만 보고 잘못 생각한 것이었다. 현미경을 사용하건 안 하건 이러한 일이 너무 많이 일어난다."

미크로메가스와 인간들이 나누는 대화는 정신적 존재인 인간이 어째서 사랑하고 사유하며 행복한 삶을 살지 못하는가를 보여준다. 우주 안에서 좀벌레에 불과한 인간들이 모자를 쓴 사람과 터번을 두른 사람으로 편을 갈라 서로 싸운다. 미크로메가스의 발꿈치에 묻은 흙만 한 땅을 가지고 서로 싸우는데, 오직 어느 편이냐가 문제일 뿐 정작 자신이 목숨을 바치는 대상을 본 적도 없다. 이성으로 설명할 수 없는 부조리한 인간의 광신 때문에 전쟁이 일어나는 것이다.

또한 형이상학적 인식의 허구성과 인간이 우주의 중심이라고 여기는 오만이 문제이다. 박사모를 쓴 신학자가 철학자들의 대화를 가로막으며 토마스 아퀴나스의 『신학대전』이 모든 것을 설명해주고 있으며 자신은 모든 비밀을 다 안다고 말하자 토성인과 미크로메가스는 배를 잡고 웃는다. 그 큰 웃음소리는 볼테르가 보여주는 기독교 풍자의 절정이라 할 수 있다.

미크로메가스가 떠나기 전 마지막으로 전해준 지혜의 책이 백지로 되어 있는 것은 절대적 진리란 없다는 사실을 우의적으로 표현한 것이다. 비록 미크로메가스가 전해준 책에는 아무것도 쓰여 있지 않았지만, 미크로메가스가 보여준 태도에서 몇 가지 지혜를 추려볼 수 있다. 미크로메가스는 여행자이자 훌륭한 관찰자로서 존재의 상대성과 다양성을 깊이 인식하고 있으며 아무도 경멸하지 않고 미소한 것에 연민을 느낄 줄 안다. 또한 형이상학적 억측이나 상상을 피하고 대화를 중시하며 겸손하고 무엇도 섣불리 단언하지 않으며 과학적 지식을 존중한다.

「미크로메가스」는 짧고 가벼운 이야기 같지만, 마치 선문답처럼 여러 구절에서 철학적인 논쟁이나 분석을 해볼 수 있는 작품이다. 철학콩트라는 이러한 장르는 볼테르가 고안해냈다고 할 수 있는데, 「캉디드 혹은 낙관주의」에 이르러 그러한 기법을 더욱 능청스럽고 재미있게 구사한다.

최선이 아닌 세상의 악과 부조리, 「캉디드 혹은 낙관주의」

「캉디드 혹은 낙관주의」는 볼테르의 대표작으로 오늘날까지 꾸준히 사랑받는 작품이다. 이 철학 콩트의 화두는 과연 이 세상은 유명한 라이프니츠의 낙관주의 명제처럼 '모든 것이 최선으로 존재'하는가이다. 이 명제는 이 세상이 최선의 상태라고 보며, 악의 존재마저도 선을 위해서 필요하다고 규정하는 것이다. 이러한 낙관주의에 따라 라이프니츠는 『변신론』에서 악은 유한한 존재에 필연적으로 따르는 것으로서 선의 방편이자 수단이라고 해석했다. 이처럼 낙관주의는 어떤 상황에서도 신의 섭리를 긍정함으로써 기독교에 대한 회의를 극복해낸다. 여기에 볼테르는 낙관주의를 표방하는 팡글로스라는 형이상학자와 순진하지만 제법 판단력이 있는 그의 제자 캉디드를 등장시켜 이 세상이 과연 최선의 상태인지에 대해 끊임없이 질문을 던진다.

'세상에 흔히 있는 일들'인 여러 가지 악과 불행을 겪으면서도 낙관주의를 주장하며 궤변을 늘어놓는 팡글로스의 우스꽝스러움, 믿음이 조금씩 흔들리면서 낙관주의의 모순에 눈떠가는 캉디드의 변모, 비관주의자 마르틴이 펼치는 낙관주의에 대한 반론 등을 통해 볼테르는 낙관주의를 풍자하는 한편 캉디드에게 현실적인 조언을 해주는 노파와 카캄보, 이슬람 수도승과 터키 노인의 대답을 통해서 삶의 지혜를 모색하고자 한다.

「캉디드 혹은 낙관주의」는 일반적인 소설과 달리 등장인물들의 심리분석이나 상황 묘사, 행동 방식이 극히 단순화되어 있다. 이는 우여곡절 끝에 다시 모인 등장인물들이 "이 세상의 우연한 사건과 우연하지 않은 사건에 대해 따져보고 원인과 결과에 대해, 정신적인 악과 육체적인 악에 대해, 자유와 필요에 대해" 서로 토론하고, 팡글로스가 이슬람 수도승에게 "가능한 최선의 세상에 대해, 악의 근원에 대해, 영혼의 본성과 예정 조화에 대해 추론"하자고 제안하듯이 독자들에게 추론과 논쟁과 성찰을 불러일으키는 철학 콩트이기 때문이다.

「캉디드 혹은 낙관주의」는 단순히 낙관주의에 대한 풍자에만 한정되지 않는다. 추위와 배고픔 등 육체적 나약함이 낳은 소소한 악에서부터 종교적 불관용이 낳은 종교재판의 폭력, 노예제도의 수탈, 사기, 배신, 위선, 편견, 야만적인 식인풍습 등의 인간이 겪을 수 있는 온갖 불행과 지진, 폭풍 등의 자연재해와 전쟁, 그리고 페스트 같은 질병 등의 인간의 통제력을 넘어서는 거대한 악에 이르기까지 광범위하게 편재해 있는 이 세상의 악과 부조리를 열거해 보임으로써 보편적인 인간 조건을 성찰하게 한다.

또한 「캉디드 혹은 낙관주의」는 독일 땅에서 태어난 캉디드가 네덜란드, 포르투갈, 스페인을 거쳐 남아메리카의 부에노스아이레스, 파라과이까지 항해했다가 우연히 엘도라도라는 이상향에 도달하고 나서, 다시 네덜란드 식민지 수리남과 프랑스, 영국, 베네치아를 거쳐 마침내 동서양의 교차점인 콘스탄티노플에 정착하는 기나긴 기행문이기도 하다. 동시에 세상물정 모르던 캉디드가 그때까지 배운대로 비판 없이 수용하고 있던 사고의 틀을 깨고 경험을 통해 삶의 지혜를 찾아가는 성장소설이기도 하다.

성에서 쫓겨나 불가리아 군대에 붙잡혀가서 죽도록 곤장을 맞고 간신히 빠져나와 전쟁의 참상을 보고 난 다음에도 캉디드는 팡글로스의 가르침을 여전히 아무 의심 없이 따르고 있다. 캉디드는 자신이 부당하게 쫓겨났다든가 억울하게 매를 맞았다고 생각하지 않는다. 라이프니츠가 말했듯이 모든 일은 반드시 일어나야만 하는 '충족 이유'가 있고, 신의 예정된 조화에 의해 '원인과 결과'를 따라 서로 연결되어 있다고 믿기 때문이다. 볼테르는 이러한 라이프니츠를 풍자하기 위해 그의 철학 용어인 '충족 이유'나 '원인과 결과' 같은 말을 전혀 어울리지 않는 장면에서 여러 번 사용한다. 전쟁의 참상을 그리면서도 시치미를 뗀 어조로 "총검은 수천 명의 죽음을 일으키는 충족 이유였다"라고 쓴다. 이 말의 풍자적 의미를 완전히 파악하려면 한참 뒤에 팡글로스에게 동의하지 않는 자크가 "신은 인간에게 총검을 주지 않았다"라고 말하는 것을 유의해서 들어야 한다. 라이프니츠의 낙관주의가 설명하듯 과연 모든 일이 반드시 일어날만한 '충족 이유'가 있고 '원인과 결과'가 확실하게 연결될 수 있는 것일까? 매독에 걸려 거지꼴이 된 팡글로스를 만나서 퀴네공드가 참혹하게 살해당했다는 말을 들은 캉디드는 그제야 낙관주의에 대한 의문을 품는다. 그러나 팡글로스를 부정하는 비판 의식으로까지는 발전하지 못하고 팡글로스의 논리는 더욱더 궤변에 가까워진다. "특별한 불행들이 일반적인 선을 만듭니다. 그러니 특별한 불행이 많으면 많을수록 모든 것은 더욱더 선이 됩니다." 볼테르는 이 말의 정당성 여부를 독자들의 추론에 맡긴 채 이제 리스본의 지진이라는 대재앙의 현실로 독자들을 데려간다. 현실에서는 선량한 자크가 물에 빠져 죽고 못된 수부만이 살아남는다. 이 부조리는 어떻게 설명해야 할까? 팡글로스는 여전히 리스본 항만이 자크가 빠져 죽을 수밖에 없도록 만들어져 있었다고 주장하지만 캉디드는 "이곳이 가

능한 세계의 최선이라면 도대체 다른 세상은 어떨까?"라고 생각할 뿐
이다. 여기서 팡글로스가 전개하는 추론의 모순과 과장을 비웃어주는
것은 독자들의 몫이다.

캉디드가 팡글로스의 낙관주의를 포기하려고 마음먹는 것은 엘도
라도를 다녀온 다음 수리남에서 흑인 노예의 비참한 상황을 보았을 때
이다. 낙관주의가 무엇이냐고 묻는 카캄보에게 그는 마침내 "나쁠 때
에도 모든 것이 선이라고 우기는 광기"라고 대답한다. 이때부터 세상
을 지배하는 악의 존재를 보고 마니교도가 된 비관주의자 마르틴이 그
와 동행하면서 낙관주의의 반대 명제를 대변하게 된다. 세상은 팡글로
스의 말대로 악까지도 포함하여 모든 것이 신의 예정된 조화 속에 있
는 것일까, 아니면 마르틴의 말대로 선과 악의 대립이며 결국 악이 지
배하는 곳일까? 캉디드는 어느 쪽도 확신하지 못하고 독자들 역시 새
로운 해답을 찾아 나서야 할 부분이다.

「캉디드 혹은 낙관주의」에는 최선의 세상이라고 믿을만한 세상이
세 번 나온다. 첫번째로 캉디드가 추방당한 남작의 성이다. 캉디드는
그곳이 세상에서 가장 아름답고 살기 좋은 곳이라고 생각했지만 사실
은 권위와 어리석은 낙관론이 지배하는 곳일 뿐이었다. 두번째는 꿈같
은 최선의 세상 엘도라도이다. 엘도라도의 삶은 풍요롭지만 권태롭다.
퀴네공드라는 희망이 없기 때문이다. 게다가 그곳은 누구도 쉽게 들
어갈 수 없고 아무도 빠져나갈 수 없는 곳이다. 현실 속에서 인간이 선
택할 수 있는 세상이 아닌 것이다. 세번째로 캉디드가 파란만장한 여
정을 보낸 끝에 마침내 동료들과 함께 정착하게 되는 작은 농가이다.
그 작은 농가는 완벽한 최선의 세상은 아니지만 최선의 세상으로 가꿀

수 있는 가능성의 장소이다. 이곳에서 캉디드는 비로소 팡글로스의 장광설을 중간에서 자르고 자신의 말을 한다. "우리의 정원은 우리가 가꿔야 합니다." 긴 여정의 끝에 얻은 지혜로운 결론이다. 여기서 우리가 가꿔야 할 정원의 의미는 인간에게 주어진 모든 가능성의 영역이라고 해석할 수 있을 것이다. 볼테르는 이 마지막 말에 어떠한 설명도 덧붙이지 않았지만, 적어도 노동을 통해 권태와 방탕, 결핍이라는 세 가지 악을 멀리할 수 있다고 했다. 세상을 바꾸려 하기보다는 부조리한 세상에서 한 걸음 물러나 일상의 작은 의무들을 수행하는 삶의 중요성을 말하고 있는 것이다. 캉디드가 가꾸어가는 그 작은 정원에서 퀴네공드와 캉디드, 캉디드와 카캄보의 신분 차이는 사라지고 각자 자신의 재능에 따라 일하고 나눠 가지는 평등한 사회를 이룰 수 있다. 그러나 볼테르는 루소처럼 민주주의의 혁명적 사상을 잉태한 철학자는 아니었다. 그는 제도와 행정의 중요성을 인정하고 점진적으로 사회를 개선해야 한다고 주장했을 따름이다.

「캉디드 혹은 낙관주의」를 읽을 때 참고할 사항은 작품 속에 역사적으로 실재했던 사건들과 허구가 뒤섞여 있다는 점이다. 실제로 리스본 지진은 1755년에 일어났고 종교재판소가 1772년에 이르러서야 공식적으로 폐쇄되었으므로 종교재판소는 당시에 실제로 권력을 행사했다. 수리남의 흑인들은 실제로 비참한 생활을 했고 파라과이의 예수회 신부들이 남아메리카에 왕국을 건설하려 한 것도 사실이다. 하지만 왕위를 빼앗긴 여섯 왕들도 모두 실재했던 인물들이지만 역사적인 시대가 작품과 일치하지는 않는다. 그리고 한 가지 덧붙일 것은 「캉디드 혹은 낙관주의」는 빠르고 생기 있는 문체를 따라가며 볼테르의 능청스러운 반어법을 적극적으로 독해할 때 진정한 재미를 얻을 수 있다는 점이다. 예를 들어 카캄보가 파라과이의 정부를 설명하면서 "그 왕국에서는 로스 파드레스가 모든 것을 손에 쥐고 있고, 국민들은 아무것도 갖고 있지 않습니다. 그곳은 이성과 정의의 걸작품입니다"라고 할 때 "이성과 정의의 걸작품"이라는 표현이 반어적으로 쓰였다는 것을 알아채야 볼테르의 진정한 속뜻을 이해하고 씁쓸한 미소를 지을 수 있다는 뜻이다.

「캉디드 혹은 낙관주의」의 마지막 대목에서 팡글로스가 옛 버릇대로 지금까지 겪은 모든 불행이 현재의 작은 행복들을 위해 필연적으로 서로 연결된 것이라고 말할 때, 캉디드는 옳은 말씀이라고 동의하지만 그것은 낙관주의에 대한 동의라기보다는 관용의 태도라고 보아야 할 것이다. 볼테르가 작품들을 통해서 공통적으로 내세우는 중요한 가치 중 하나는 서로 다른 관점에 대한 관용의 태도이다. 볼테르는 누구보다 사상의 자유를 중시하고 소통의 즐거움을 아는 인간이었다. 그러나 아이러니하게도 조롱하고 비꼬기 좋아하는 그에게는 적이 많았다. 루소가 『인간 불평등 기원론』에서 때묻지 않은 순수한 자연 상태의 인간을 무한한 향수를 담아 그려 보였을 때, 볼테르가 "당신 책을 읽으면 네 발로 기어다니고 싶어진다"고 빈정거리면서 원시보다는 문명을 옹호하여 두 사람 사이가 험악해졌던 것은 잘 알려진 이야기다. 두 사람 모두 프랑스 대혁명의 정신적 토대를 마련해준 선구자들로서 팡테옹에 나란히 안치되었지만 말이다. 그러나 "이제 볼테르의 시대가 가고 루소의 시대가 왔다"고 괴테가 말했던 것처럼, 프랑스 대혁명 이후 도래한 낭만주의가 루소를 지지함으로써 볼테르는 상대적으로 건조하고 낡은 느낌을 주었던 것이 사실이다. 낭만주의가 주관적 자아를 발견하고 그 심연의 소용돌이를 우리에게 보여주는 동안 볼테르의 문학은 잊혀갔다. 보들레르는 "나는 프랑스가 지루하기 짝이 없다. 특히 모두들 볼테르를 닮았기 때문이다"라며 볼테르를 시인의 적, 예술가의 적으로 혹평하기도 했다. 볼테르의 이성 중심적이고 실질적인 사고방식은 감성적이고 시적인 인식과 거리가 멀었기 때문일 것이다.

그러나 볼테르는 내면적 자아의 심층을 발견하는 대신 '타자'를 발견했다. 나와 다른 사람들이 있고 우리와는 다른 문명, 다른 제도를 갖는 다른 사회가 있다는 것을 깨닫고 작품 곳곳에서 그 점을 강조하고 있다. 볼테르는 『풍속론』에서 유럽만의 역사가 아닌 세계의 역사를 써야 한다고 생각했고, 서양 중심의 세계사 속에서 한 마디도 언급되지 않았지만 오래전부터 존재해온 고유민족인 칼데아인, 인도인, 중국인들에게 주목하기도 했다.

「미크로메가스」에서는 다른 세상이 있을 수 있다는 생각이 우주까지 확대되어 다른 태양계가 존재할 수 있고 심지어 인간과는 다른 존재가 있을 수 있다고 상상했다. 인간보다 더 작은 미물이 있듯이 인간보다 더 큰 거인이 있을 수 있고 그 거인이 미물로 보이는 또다른 거인이 있을 수 있다는 것이다.

볼테르는 「캉디드 혹은 낙관주의」에서 지혜를 얻기 위해서는 여행이 필요하다고 말하며 낯선 의식이나 풍습을 이상하게 여기는 태도를 "자기 나라를 떠나보지 않은 사람들이 다른 모든 것을 판단하는 태도"라고 은근히 비꼬고 있다. 예를 들어 캉디드는 원숭이의 죽음을 슬퍼하는 처녀를 보고 그와 같은 이상한 풍습에 놀라지만, 캉디드의 하인 카캄보는 어떤 나라에 귀부인들의 총애를 받는 원숭이가 있다는 것이 어째서 그렇게도 이상한 일이냐고 되묻는다. 캉디드는 괴롭히는 줄 알고 처녀들을 쫓는 원숭이를 죽였으나 그것은 자신의 경험과 생각만을 기준으로 사물을 판단한 결과였다.

볼테르에게 있어서 다양성과 복잡성 안에서 세계를 이해하는 것은 개인들이 저마다 조화를 이루고 있는 인간성 전체를 인식하고 수용하는 일이다. 자연의 조물주가 이 우주 안에 펼쳐놓은 "찬탄할만한 통일성이 있는 풍부한 다양성" 안에서 "자연이 모든 존재 안에 부여한 여러 경이로운 차이"를 긍정하고 자신의 몫을 받아들여야 하는 것이다. 그러므로 점 하나에 불과한 조그만 지구에 사는 인간들이 저마다 자신의 종교만이 절대적이라고 여기며 다른 종교를 배척하는 광신주의라는 어리석음으로 인해 온갖 만행이 저질러진다고 볼테르는 날카롭게 비판한다. 광신이 불관용을 낳고 불관용이 불의를 낳는다는 것을 자신의 삶을 통해 철저하게 인식했기 때문이다.

평생토록 글과 행동을 통해 광신이 일으키는 맹목과 억압을 이성의 힘으로 고발해온 볼테르는 「미크로메가스」와 「캉디드 혹은 낙관주의」를 통해 오늘날 우리에게 관용과 상대주의 정신을 일깨워주고 있다. 타자성의 인정과 다양성의 공존이 그 어느 때보다 절실한 세계화 시대에 볼테르의 통찰은 더욱 시사하는 바가 크다.

이병애

1694년	11월 21일 프랑스 파리에서 공증인 프랑수아 아루에와 마리 마르그리트 도마르의 넷째 아이로 태어남. 그러나 볼테르는 자신의 실제 생일은 2월 20일이라고 주장했음.
1701년	어머니 마리 마르그리트 사망. 권위적인 아버지에게 반항심을 느끼고 대부 샤토뇌프 신부에게 애착을 가짐. 샤토뇌프 신부를 따라 자유사상가들의 모임에 자주 드나듦.
1704년	예수회가 운영하는 루이 르 그랑 학교 입학. 고전문학과 연극 및 사교생활에 대해 관심을 가짐.
1711년	루이 르 그랑 학교를 졸업. 법률가가 되기를 바라는 아버지의 뜻을 거역하고 문학에만 전념하기로 결심함.
1713년	아버지의 강요에 못 이겨 네덜란드 주재 프랑스 대사의 서기관으로 부임. 그러나 연애 사건으로 물의를 일으켜 파리로 송환됨.
1715년	9월 1일 루이 14세 서거 후 오를레앙 공의 섭정이 시작됨. 자유사상가들의 모임 '탕플(Temple)'에서 재치로 명성을 얻음.
1716년	오를레앙 공의 추문을 풍자한 시가 문제가 되어 친구 쉴리 공작의 성으로 피신함.
1717년	5월 오를레앙 공을 비방하는 글을 썼다는 죄목으로 바스티유 감옥에 수감됨.
1718년	11월 감옥에서 완성한 첫 비극 「오이디푸스Oedipe」로 위대한 고전주의 극작가 라신의 후계자라는 평가를 받으며 대성공을 거둠. 볼테르라는 필명을 사용하기 시작.

1722년	1월 아버지 프랑수아 아루에 사망.
1723년	11월 천연두에 걸려 심하게 앓음.
1726년	1월 명문 귀족 출신 슈발리에 드 로앙과 말다툼을 벌였다가 로앙의 하인들한테 구타당함. 이에 격분해 결투를 신청하지만, 오히려 귀족에게 불손했다는 이유로 바스티유 감옥에 수감됨. 5월 영국으로 떠난다는 조건으로 풀려남. 이때의 경험으로 프랑스 사회의 불평등에 환멸을 느끼게 됨.
1726~1728년	영국 망명 생활 동안 알렉산더 포프, 조너선 스위프트, 윌리엄 콩그리브 등의 문필가와 철학자 조지 버클리, 신학자 새뮤얼 클라크와 교유함. 당시 프랑스보다 개방적이었던 영국에서 사회적, 사상적 자유를 만끽함.
1730년	여배우 르쿠브뢰르 사망. 성직자들이 교회식 장례를 치러주지 않아 교회 묘지에 매장되지 못하고 시신이 쓰레기장에 버려짐. 이에 「르쿠브뢰르 양의 죽음에 관한 시Sur la Mort de Mlle Lecouvreur」를 써서 분노를 표현. 〈브루투스Brutus〉 상연. 성공을 거둠.
1731년	런던에 체류하는 동안 스웨덴 국왕 칼 12세의 유별난 성격에 흥미를 느껴 집필한 전기 『칼 12세의 역사Histoire de Charles XII』 출간.
1732년	8월 셰익스피어의 〈오셀로〉에서 영향 받은 비극 〈자이르Zaïre〉 상연. 대성공을 거둠.
1733년	1월 17세기 거장들을 비판한 장시 「취향의 사원Le Temple du Goût」 출간으로 자신에게 적대적인 문인들을 더욱 자극함. 6월 샤틀레 부인과 연인이 됨.
1734년	4월 편지 형식으로 종교적 관용이 갖는 효과를 논증하고 있는 『영국인에 관한 편지 혹은 철학편지Lettre sur les Anglais ou Lettres philosophiques』를 출간. 이 책에 내포된 체제 비판

으로 인해 프랑스 정부가 금서조치를 내리고 체포영장을 발부함. 7월 샤틀레 부인의 영지 시레로 피신. 이후 10년 동안 머묾.

1735년   3월 파리 귀환 허가. 8월 〈카이사르의 죽음La Mort de César〉 상연.

1736년   8월 프로이센의 프리드리히 2세와 서신 교환 시작. 사치와 쾌락을 옹호한 시 「세속인Le Mondain」이 유포되어 다시 체포의 위협을 받고 네덜란드로 피신.

1737년   프랑스에 거의 알려져 있지 않았던 영국 과학의 발견을 소개하는 『뉴턴 철학의 요소들Éléments de la philosophie de Newton』출간. 『루이 14세 시대Le Siècle de Louis XIV』의 집필 시작.

1738년   5월 과학 아카데미의 불에 관한 논문 현상 공모에 샤틀레 부인과 각각 응모했으나 두 사람 모두 탈락함.

1739년   5월 샤틀레 부인과 함께 브뤼셀로 여행. 이후 브뤼셀, 시레, 파리를 자주 왕래함.

1740년   클레브 근처에서 프리드리히 2세를 처음 만남. 11월 프리드리히 2세의 초대로 베를린에 체류. 12월 오스트리아 왕위계 승전쟁 발발.

1741년   파리 귀국길에 릴에서 〈마호메트 혹은 광신Mahomet ou le Fanatisme〉을 성공리에 상연.

1742년   파리에서 〈마호메트 혹은 광신〉 상연. 얀세니스트들로부터 '불경과 소요'라는 죄목으로 고발당하자 3회 공연 후 스스로 작품을 내림. 9월 프리드리히 2세를 설득해 프랑스와 프로이센의 연합전선을 구축할 사명을 띠고 아헨으로 감.

1745년   2월 프랑스 왕세자의 결혼 축하공연으로 베르사유궁전에서 〈나바르의 공주La Princesse de Navarre〉를 초연. 퐁파두르 부인의 호의를 받아 왕실의 사료편찬관으로 임명됨.

1746년	4월 아카데미 프랑세즈의 회원으로 선출됨.
1747년	6월 철학 소설『자디그 Zadig』출간. 10월 샤틀레 부인이 왕비와 함께 도박을 하다가 큰돈을 잃자 샤틀레 부인에게 영어로 "상대는 카드놀이의 사기꾼"이라고 말했다가 사람들에게 들켜 소sceaux에 있는 멘 공작부인의 저택으로 피신.
1748년	10월 샤틀레 부인과 시인 생 랑베르와 삼각관계가 됨.
1749년	샤틀레 부인이 산고 끝에 사망함. 샤틀레 부인과 함께 살았던 파리 집으로 돌아옴. 한밤중에 일어나 그녀의 이름을 부르며 어둠 속을 헤맬 정도로 큰 슬픔에 빠짐.
1750년	6월 프리드리히 2세의 초청을 받아 베를린으로 감. 베를린 아카데미의 원장이자 프랑스 수학자인 모페르튀이와 학문적 문제로 논전을 시작함.
1751년	20년 동안 준비해온 역사 연구서『루이 14세 시대』출간.
1752년	12월『아카키아 박사와 생말로 출신 사람에 관한 이야기 Histoire du Docteur Akakia et du Natif de Saint Malo』라는 소책자에서 모페르튀이를 조롱해 프리드리히대왕의 노여움을 사게 됨. 콩트『미크로메가스 Micromégas』출간.
1753년	3월 26일 프리드리히 2세와의 불화로 프로이센을 떠남. 여행 중 프리드리히 2세에 의해 프랑크푸르트의 한 여관에 연금당하기도 함. 루이 15세 역시 볼테르의 파리 귀환을 금하자 갈 곳이 없어 콜마르에 1년 정도 체류.
1755년	8월〈중국 고아 L'Orphelin de la Chine〉파리 상연.
1756년	국왕과 전쟁, 문명과 풍속의 보편적 역사를 다룬 저서『풍속론 Essai sur les moeurs et l'esprit des Nations』출간. 달랑베르가 볼테르의 집에 거주하며 집필한『백과전서 Encyclopédie』의「제네바」항목이 문제되자 저자에게 영향을 주었다는 이유로 기소됨.

1758년	프랑스와 스위스 국경 가까이에 있는 투르네와 페르네의 영지 구입. 대표작 『캉디드 혹은 낙관주의』 집필.
1759년	1월 『캉디드 혹은 낙관주의』 출간. 파리 고등법원이 『백과전서』에서 볼테르가 쓴 「자연법」을 금서목록에 추가함.
1760년	9월 비극 〈탕크레드 *Tancrède*〉 파리 상연.
1762년	신교도 장 칼라스가 가톨릭으로 개종하려는 아들을 죽였다는 누명을 쓰고 거열형에 처해지는 사건 발생. 이에 분개한 볼테르가 개입한 덕분에 3년 뒤에 처형된 칼라스는 명예를 회복하고 가족은 피해 보상을 받음.
1763년	12월 『관용론 *Traité sur la tolérance*』 출간.
1764년	6월 『휴대용 철학사전 *Dictionnaire philosophique portatif*』 출간.
1766년	7월 1일 종교 행렬을 모욕하고 십자가를 훼손했다는 이유로 열아홉 살의 라 바르 기사가 혀를 뽑히고 손목이 잘리는 고문을 당한 뒤 처형됨. 라 바르의 집에서 발견된 볼테르의 『철학사전』이 그의 시신 위에서 불태워짐. 볼테르는 스위스로 피신. 광신을 공격하며 사건의 재심을 요구.
1768년	3월 『바빌론의 공주 *La Princesse de Babylone*』 출간.
1773년	파리로 돌아오기를 희망했으나 성공하지 못함. 배뇨 곤란 증세로 와병.
1775년	크라메르출판사에서 『볼테르전집』 출간. 마지막 권은 직접 감수한 뒤 출간.
1778년	2월 10일 〈이렌 *Irène*〉의 리허설을 참관하기 위해 28년 만에 파리로 돌아옴. 3월 30일에는 아카데미에 출석하여 기립 박수를 받음. 5월 18일 요독증에 걸려 며칠 동안 심한 고통을 받다가 5월 30일에 숨을 거둠. 셀리에르 수도원 묘지에 묻힘.
1791년	프랑스 혁명기인 7월에 팡테옹으로 이장됨.

문학동네 세계문학전집 발간에 부쳐

세계문학은 국민문학 혹은 지역문학을 떠나 존재하는 문학이 아니지만 그것들의 총합도 아니다. 세계문학이라는 용어에는 그 나름의 언어와 전통을 갖고 있는 국민문학이나 지역문학의 존재를 인정하면서 그것을 넘어서는 문학의 보편적 질서에 대한 관념이 새겨져 있다. 그 용어를 처음 고안한 19세기 유럽인들은 유럽문학을 중심으로 그 질서를 구축했지만 풍부한 국민문학의 전통을 가지고 있는 현대의 문학 강국들은 나름의 방식으로 세계문학을 이해하면서 정전(正典)의 목록을 작성하고 또 수정한다.

한국에서도 세계문학 관념은 우리 사회와 문화의 변화 속에서 거듭 수정돼왔다. 어느 시기에는 제국 일본의 교양주의를 반영한 세계문학 관념이, 어느 시기에는 제3세계 민족주의에 동조한 세계문학 관념이 출현했고, 그러한 관념을 실천한 전집물이 출판됐다. 21세기 한국에 새로운 세계문학전집이 필요하다는 것은 명백하다. 우리의 지성과 감성의 기준에 부합하는 세계문학을 다시 구상할 때가 되었다.

문학동네 세계문학전집은 범세계적으로 통용되는 고전에 대한 상식을 존중하면서도 지난 반세기 동안 해외 주요 언어권에서 창작과 연구의 진전에 따라 일어난 정전의 변동을 고려하여 편성되었다. 그래서 불멸의 명작은 물론 동시대 세계의 중요한 정치·문화적 실천에 영감을 준 새로운 작품들을 두루 포함시켰다.

창립 이후 지금까지 한국문학 및 번역문학 출판에서 가장 전문적이고 생산적인 그룹을 대표해온 문학동네가 그간 축적한 문학 출판 경험을 바탕으로 새로운 세계문학전집을 펴낸다. 인류가 무지와 몽매의 어둠 속을 방황하면서도 끝내 길을 잃지 않은 것은 세계문학사의 하늘에 떠 있는 빛나는 별들이 길잡이가 되어주었기 때문이다. 우리가 자부심과 사명감 속에서 그리게 될 이 새로운 별자리가 독자들의 관심과 애정에 힘입어 우리 모두의 뿌듯한 자산이 되기를 소망한다.

문학동네 세계문학전집 편집위원
민은경, 박유하, 변현태, 송병선, 이재룡, 홍길표, 남진우, 황종연

세계문학전집 050

미크로메가스·캉디드 혹은 낙관주의

1판 1쇄 2010년 8월 16일
1판 10쇄 2023년 12월 15일

지은이 볼테르 ┃ 옮긴이 이병애

책임편집 손은주 ┃ 편집 안수연 임선영 ┃ 독자모니터 유중모
디자인 이경란 송윤형 최미영 ┃ 저작권 박지영 형소진 최은진 서연주 오서영
마케팅 정민호 서지화 한민아 이민경 안남영 왕지경 황승현 김혜원 김하연 김예진
브랜딩 함유지 함근아 고보미 박민재 김희숙 박다솔 조다현 정승민 배진성
제작 강신은 김동욱 이순호 ┃ 제작처 영신사

펴낸곳 (주)문학동네 ┃ 펴낸이 김소영
출판등록 1993년 10월 22일 제2003-000045호
주소 10881 경기도 파주시 회동길 210
전자우편 editor@munhak.com ┃ 대표전화 031)955-8888 ┃ 팩스 031)955-8855
문의전화 031)955-1927(마케팅), 031)955-1916(편집)
문학동네카페 http://cafe.naver.com/mhdn
인스타그램 @munhakdongne ┃ 트위터 @munhakdongne
북클럽문학동네 http://bookclubmunhak.com

ISBN 978-89-546-1190-9 04860
      978-89-546-0901-2 (세트)

www.munhak.com

● 문학동네 세계문학전집은 계속 출간됩니다